Fantômette
et la maison hantée
GEORGES CHAULET

Fantômette
et la maison hantée

GEORGES CHAULET

hachette
JEUNESSE

Françoise

Sérieuse et travailleuse, Françoise est une élève modèle qui se passionne pour les intrigues. Vive, pleine de bon sens et intrépide, n'aurait-elle pas toutes les qualités d'une parfaite justicière ?

Ficelle

Excentrique, Ficelle collectionne toutes sortes de choses bizarres. Malgré ses gaffes et son étourderie légendaire, elle est persuadée qu'elle arrivera un jour à arrêter les méchants et à voler la vedette à Fantômette...

Boulotte

Gourmande avant tout, elle se moque pas mal du danger... tant qu'il y a à manger !

Mlle Bigoudi

Si elle apprécie Françoise, l'institutrice s'arrache souvent les cheveux avec Ficelle et lui administre bon nombre de punitions. Que penserait-elle si elle était au courant des aventures des trois amies !?

Œil de Lynx

Reporter, il suit de près les méfaits des bandits. Il est le seul à connaître la véritable identité de Fantômette et n'hésite pas, à l'occasion, à lui filer un petit coup de main !

© Hachette Livre, 1971, 1993, 2001, 2006 et 2011
pour la présente édition.

Tous droits de traduction, de reproduction
et d'adaptation réservés pour tous pays.

Illutrations : Laurence Moraine.

Hachette Livre, 43, quai de Grenelle, 75015 Paris.

chapitre 1
La nuit terrible

— Tu as entendu, Agathe ? Il y a quelqu'un dans le jardin !

— Oui, Germaine, j'ai entendu...

Les pas se rapprochent peu à peu, d'autant plus distincts que la nuit est silencieuse.

— Mon Dieu ! dit Germaine dans un souffle, si c'était un voleur ?

— Un voleur ! Ciel ! C'est affreux...

Qui aurait pu deviner, en voyant la villa des Pétunias, qu'elle était hantée par un fantôme ? Tout comme les villas du voisinage, elle a pourtant une apparence bien modeste. Une maisonnette bâtie au milieu d'un jardinet soigneusement entretenu, composé de trois arbustes qui s'efforcent de fournir chaque année une demi-livre de cerises anglaises.

Si le devant de la maison ne présente rien de particulier, en revanche la façade arrière, exposée au sud, se caractérise par la présence d'une véranda qui occupe une partie de l'étage. C'est une longue pièce dont tout un côté, face au soleil, est vitré. À l'intérieur, s'alignent par douzaines des pots de cactus et de plantes grasses d'origine tropicale.

C'est dans cette demeure mi-citadine, mi-campagnarde que vivent les demoiselles Faïence. Toujours strictement vêtues de noir, elles ne se différencient que par leur prénom. Germaine et Agathe ne sortent guère, sauf pour se rendre à Sainte-Ursule ou pour faire de menus achats dans le quartier commerçant de Framboisy, leur petite ville. Peu de visites, si ce n'est celle de leur jeune nièce, la grande Ficelle. Leur activité se borne à arroser le jardinet et à compter les épines de leurs cactus.

Rien ne laisse prévoir que cette paisible existence va être troublée de la plus étrange façon...

Un soir, après avoir bu une tasse de tilleul, Germaine et Agathe se couchent. À peine ont-elles éteint la lampe de chevet placée entre leurs deux lits, qu'un crissement de cailloux révèle la présence d'un être marchant sur l'allée du jardinet. Le bruit des pas, lents, pesants, s'accompagne d'un cliquetis métallique : un tintement de chaînes. Le visiteur nocturne marque un temps d'arrêt devant la façade de la maison. Les deux demoiselles tremblent comme des marteaux-piqueurs. Il se produit une espèce de grattement contre la porte d'entrée. Germaine murmure :

— Que fait-il ? Il essaie d'ouvrir ?

— Oui... Il... il essaie...

Le cliquetis recommence, ainsi que le crissement des graviers. Le bruit se rapproche sensiblement de la chambre du rez-de-chaussée dans laquelle les deux sœurs claquent des dents.

— Oh ! Agathe ! Il contourne la maison !

— Oui, Germaine, il tourne autour...

Nouveau silence, encore plus angoissant que le bruit lui-même. Puis...

— Ah ! Germaine, il gratte contre les volets de notre fenêtre !

— Il gratte !

Quelqu'un ou quelque chose frotte le bois, le griffe, le cogne, en s'efforçant d'ouvrir.

— Il veut entrer !

— Oui, il veut...

Alors, l'être pousse un hurlement lugubre, comme le cri d'un chat en colère ou d'un nourrisson réclamant son biberon. Germaine et Agathe se recroquevillent dans leurs lits en ramenant le drap au-dessus de leur tête. Le hurlement cesse, puis le bruit des pas et des chaînes s'éloigne lentement.

— Il s'en va...
— Oui, oui, heureusement !

Au bout de quelques instants, le silence reprend possession de la nuit. Mais les demoiselles Faïence continuent de trembler. Une semblable aventure ne leur est encore jamais arrivée ! Agathe murmure :

— Crois-tu que c'était ?...
— Que c'était ?
— Un fantôme, n'est-ce pas ?
— Sûrement !
— Oh ! C'est bien ce que je craignais. Il n'y a qu'un fantôme pour se promener la nuit avec des chaînes, en poussant des cris épouvant...

— Ah ! tais-toi ! Tu me donnes la chair de poule !

Les malheureuses ne peuvent fermer l'œil de la nuit. Elles rallument la lampe de chevet, malgré la dépense supplémentaire d'électricité que cela va causer, et attendent l'aube en tendant l'oreille, dans la crainte d'une nouvelle visite. Mais le fantôme ne doit apparemment faire qu'une seule ronde par nuit, car il ne revient pas.

Au petit jour, les deux sœurs se lèvent. Les traits de leurs visages sont tirés, leurs yeux papillotants. En poussant les volets, ce qu'elles constatent leur fait dresser les cheveux sur la tête. La peinture qui recouvre le bois est écaillée par endroits, et le bois lui-même est entaillé, labouré, griffé. Mais par des griffes aiguës, puissantes, redoutables. Seul un fauve, un tigre géant aurait pu marquer dans les volets une empreinte aussi profonde.

Un tigre, ou *quoi d'autre* ?

chapitre 2

Appel au secours

Fantômette, vêtue de soie jaune, coiffée de son bonnet à pompon, masquée de noir, s'est installée dans un coin de son garage.

Elle fait briller les chromes de son vélomoteur rouge et blanc avec une peau de chamois. Posée sur un établi, entre un étau et une lampe à souder, une petite télévision diffuse un bulletin d'information :

... dans la 8ᵉ circonscription électorale, Baratin est élu au premier tour... Voici maintenant une nouvelle qui vient de nous arriver : un vol d'une audace inouïe est à mettre, une fois de plus, au compte du fameux cambrioleur qui se fait appeler

le Furet. On sait qu'une grande réception devait avoir lieu hier soir au Club des Diplomates, en l'honneur de la princesse Léocadia de Cartomancie. Le début de la soirée s'était déroulé normalement. La princesse est arrivée à 21 h 36 très précises, mitraillée par les photographes qui prenaient pour cible ses bagues, ses broches, son collier, et surtout le magnifique diadème orné de trois cent soixante diamants qui est la plus belle pièce du trésor royal de Cartomancie.

Fantômette abandonne le nettoyage de sa mécanique pour s'approcher de la télévision. Le présentateur poursuit :

La princesse Léocadia a été reçue par Son Excellence l'ambassadeur de France, qui a prononcé une allocution de bienvenue. À l'instant même où la princesse allait prendre la parole pour remercier, toutes les lumières se sont éteintes. Il s'est produit un mouvement de panique, et quelques dames ont poussé des cris. Une minute plus tard, quand les lumières sont revenues, la princesse a constaté avec stupeur que tous ses bijoux avaient disparu. Broches, bagues, collier et diadème. Quant à l'ambassadeur, il s'était envolé. Un huissier l'a vu sortir du Club, marchant d'un pas tranquille, allumer un cigare et monter dans une des voitures de l'ambassade qui s'est éloignée aussitôt. Une demi-heure plus tard, le commissaire Pirouette a découvert dans le vestiaire un homme ficelé comme un rôti : il s'agissait de l'ambassadeur de France, du vrai. L'autre n'était qu'un imposteur. Et cet imposteur, ce ne peut être que le Furet. Lui seul était capable d'imaginer, de mettre au point et de réussir un tel coup, avec la hardiesse et le sang-froid qui le caractérisent.

Fantômette éteint la télévision pour mieux réfléchir. Ainsi donc, l'audacieux brigand a encore fait la preuve de son infernale habileté ! Ce n'est pas un petit cambrioleur de bas étage, un de ceux qui se contentent de forcer un tiroir-caisse ou de grappiller sur les étalages. Le personnage possède une autre envergure. Intelligent, audacieux, capable de tout deviner et de tout prévoir, il réussit les escamotages les plus acrobatiques, les vols les plus inattendus, qu'il réalise avec l'aide de ses deux complices habituels, l'élégant prince d'Alpaga – un faux prince, bien entendu – et le gros Bulldozer, une véritable brute. On attribue à la bande la disparition de la Joconde, la séquestration d'une colonie de vacances sur le pic appelé Dent du Diable, et le détournement d'une fusée lunaire. C'est encore le Furet qui a occupé pendant deux heures un émetteur de télévision, alors que ses complices barraient les entrées des studios, pour le plaisir de raconter sa vie devant les caméras. Seule Fantômette a réussi, à plusieurs reprises, une capture que d'aucuns jugeaient impossible. Mais chaque fois, le subtil personnage a réussi à s'évader. La jeune aventurière se dit qu'une fois de plus, elle va devoir se mettre en campagne pour attraper le Furet. Une nouvelle partie de chasse en perspective...

Elle se prépare à continuer son astiquage de chromes, quand le téléphone sonne dans la chambre voisine. Elle quitte le garage, décroche l'appareil. Une petite voix féminine, un peu acidulée, se fait entendre.

— Allô ! C'est toi, Françoise ? Ici, c'est Ficelle.

— Bonjour, Ficelle. Quoi de neuf ?

— Ah ! ma pauvre, il se passe une chose épouvantable chez mes tantes. Tu sais, celles de la villa des Pétunias. Il y a un fantôme qui vient chez elles pendant la nuit !

— Oh, oh ! Un fantôme dans notre bonne ville de Framboisy ? Voilà du nouveau...

— Ce n'est pas de la blague, tu sais ! C'est un vrai fantôme, un véritable, en chair et en os, avec des chaînes incassables, des hurlements horriblants, et tout et tout !

— Voilà qui est diablement intéressant, ma bonne Ficelle.

— Je pense bien ! Alors je me suis dit que nous pourrions essayer de le faire partir. On aurait très peur ! Ce serait drôlement amusant... Tu es d'accord ?

— Oui, pourquoi pas ?

— Alors, on va s'installer chez mes tantes, avec Boulotte. À nous trois, nous ferons une petite armée anti-fantômes, et ça rassurera Germaine et Agathe.

— Entendu. J'irai les voir demain.

À l'autre bout du fil, Ficelle s'alarme.

— Ah ! mais non, ma petite Françoise ! Ça ne peut pas attendre. Il faut y aller dès ce soir, sinon elles risquent de mourir de peur ! Il faut que nous passions la nuit dans la villa.

— Et pourquoi ne demandent-elles pas aux gendarmes de monter la garde chez elles ?

— Heu... Je crois qu'elles ont encore plus peur des gendarmes que des fantômes !

— Bon. Alors, c'est d'accord, nous irons toutes les trois ce soir. Disons neuf heures.

— Entendu, neuf heures. J'apporterai une grande paire de ciseaux.

— Des ciseaux ? Pour quoi faire ?

— Pour couper le fantôme en morceaux !

Fantômette raccroche. Elle n'a pas vu Ficelle depuis plusieurs semaines. La dernière fois qu'elles se sont trouvées ensemble, c'était au musée du Louvre, alors qu'elles recherchaient le fabuleux trésor du pharaon Ramsès IV. Et voici que la grande Ficelle l'appelle maintenant au secours de ses tantes. Fantômette va se rendre dans cette villa hantée, bien sûr, mais avec le vague sentiment que ce fantôme ne doit pas être pris très au sérieux. Ces demoiselles qui vivent seules doivent être victimes d'hallucinations, ou plus simplement s'amuser à se faire peur à elles-mêmes. Le revenant est sans doute quelque brave matou amateur de greniers, ou quelque chien qui se promène en remorquant sa chaîne. À moins qu'un gamin facétieux du voisinage ne s'amuse à terroriser les deux vieilles dames... Quant à croire qu'il pourrait s'agir d'un fantôme véritable, non, mille fois non ! Fantômette ne croit pas aux fantômes.

À la nuit tombante, une jeune vélomotoriste brune traverse la grand-place de Framboisy, passe devant le musée d'Art du futur, longe le boulevard de l'Ondine et parvient dans un quartier tranquille uniquement composé de pavillons et de jardins. Elle s'arrête devant la villa des Pétunias, dont le nom figure sur une plaque de céramique scellée à côté de la clochette suspendue près de l'entrée. Ayant agité cette clochette par l'intermédiaire d'une petite chaîne, elle voit apparaître deux filles qui se mettent à pousser des cris de joie. L'une – la grande Ficelle – peut s'apparenter à un crayon, une aiguille à tricoter ou une baguette de tambour. L'autre – la ronde Boulotte – évoque la sphéricité d'un ballon, d'un globe terrestre ou d'une citrouille.

— Françoise ! Comme on est contentes de te voir ! Tu as reçu mon coup de téléphone ?

— Je vois que tu poses toujours des questions aussi stupides, ma grande. C'est toi qui as reçu un coup de téléphone, sans doute sur la tête...

— Hein ? Tu dis ? Oserais-tu insinuer par hasard que je suis...

Mais la grande Ficelle n'a pas le temps de terminer sa phrase. Les demoiselles Faïence viennent à leur rencontre, se tenant raides comme des soldats au garde-à-vous. Françoise ayant déjà eu l'occasion de rencontrer ces deux personnes, les présentations s'en trouvent simplifiées. Germaine dit à Françoise :

— Soyez la bienvenue, mademoiselle.

— Oui, la bienvenue, répète Agathe.

— Et moi, je suis charmée de vous revoir, dit Françoise. Puis-je laisser mon vélomoteur dans le jardin ?

— Mais oui, dit Germaine. Vous êtes bien courageuse de monter sur ce genre d'engin.

— Oh ! oui, bien courageuse, répète Agathe en écho.

Elles entrent toutes les cinq dans le salon de la villa, où la profusion des bibelots, statuettes, tableaux, gravures, assiettes décorées et lampes de cuivre repoussé ferait la délectation d'un antiquaire.

Germaine se tourne vers la jeune visiteuse.

— Vous prendrez bien une tasse de camomille ?

— C'est peut-être une boisson un peu forte ? hasarde Agathe.

— Tu as raison, ma chère sœur. Du tilleul, alors ?

Françoise fait un signe d'approbation, tout en maudissant l'herboriste qui a inventé cette fade boisson. Pendant qu'Agathe met une bouilloire à chauffer, Germaine explique :

— Si nous nous sommes permis de vous déranger, mademoiselle, et de vous faire venir ici, c'est sur la demande instante de notre nièce. Elle nous a vanté vos mérites, vos dons de... comment dit-on ? Détective, je crois, et nous avons fini par lui céder.

Ficelle intervient :

— Oh ! moi aussi, je suis une détective de choix. Mais si Françoise est là, j'aurai l'occasion de la protéger.

— Cependant, reprend Germaine, êtes-vous bien certaine de ne pas être aussi effrayée que nous ? Pensez-vous pouvoir mettre en fuite cet affreux spectre ? Nous ne voudrions pas vous faire courir le moindre danger, et je tiens à vous prévenir au préalable...

Françoise sourit.

— Ne vous inquiétez pas pour moi. Votre fantôme ne m'impressionne absolument pas. Où est-il, que je lui tire les oreilles ?

Mlle Germaine a un mouvement de recul. Elle balbutie :

— Ne plaisantez pas avec ces choses-là ! C'est très grave ! Un fantôme doit être respecté ! Surtout s'il est malveillant !

— Surtout ! renchérit Agathe qui revient avec la bouilloire.

Le tilleul est servi, avec une gravité cérémonieuse. Les cinq demoiselles sont assises autour d'une table ronde recouverte d'une nappe de dentelle. La tisane est bue en silence, le petit doigt en l'air. Sur un canapé, un chat observe la scène avec la dignité d'un lord anglais. Dans un coin, une horloge à balancier sonne une fois.

— La demie de neuf heures, dit Germaine.

— La demie, confirme Agathe.

— Il va falloir songer à aller au lit. Mais avant, il faut que je vous montre les traces laissées par le fantôme.

Agathe frémit.

— Est-ce bien nécessaire ? C'est tellement horrible !

— Il faut que notre jeune amie se rende bien compte que ce fantôme est véritable, et que nous ne l'avons pas dérangée pour rien. Suivez-moi !

Elles se rendent dans la chambre du rez-de-chaussée, où Françoise peut voir les sillons tracés dans les volets de la fenêtre. Elle les examine longuement en les touchant du doigt.

— Vous dites que c'est le fantôme qui a fait ces marques ?

— Oui, hier soir. Nous l'avons d'abord entendu marcher sur l'allée. Il s'est arrêté à la porte, puis il a contourné la maison et il est venu gratter aux volets. Il essayait d'entrer.

— Il essayait ! confirme Agathe.

— Ensuite, il a poussé un hurlement épouvantable et il est reparti en traînant ses chaînes.

Françoise réfléchit un moment, puis demande :

— L'avez-vous vu ?

— Non ! Oh ! non... Nous n'avions pas du tout envie de sortir pour le contempler. N'est-ce pas, Agathe ?

— Certainement, Germaine. Nous n'avions pas envie de mettre le bout du nez dehors.

— Et il nous a tellement effrayées que nous avons changé de chambre. Au lieu de rester ici, nous avons préparé nos lits au premier étage. Là-haut, nous nous sentirons un peu plus en sécurité. Le fantôme sera obligé de monter l'escalier avant de nous atteindre. Il y a d'ailleurs au premier étage une seconde chambre où vous pourrez vous installer, mademoiselle, avec vos jeunes amies.

Françoise secoue la tête.

— Je vous remercie, mais je n'ai pas l'intention de me cacher là-haut. Je vais rester ici, au rez-de-chaussée.

— Bravo ! s'écrie la grande Ficelle, comme ça, nous serons quatre pour monter la garde.

— Quatre ?

— Oui. Moi, la courageuse Ficelle, plus cette espèce de grosse gourmande, plus toi, Françoise, plus le chat. Ficelle : un, Boulotte : deux, Françoise : trois, Mistigri : quatre. Nous serons quatre contre un seul minable fantôme de rien du tout !

Françoise ne peut s'empêcher de sourire. Elle complimente son amie pour le courage dont elle fait montre, puis elle se lève, arpente la pièce en réfléchissant, et demande à Germaine :

— Pourriez-vous me dire à quelle heure ce revenant s'est présenté ?

— Nous venions de nous coucher. Il devait être un peu plus de neuf heures et quart. Nous nous mettons au lit tous les soirs à neuf heures et quart exactement. Et si nous veillons ce soir, c'est parce que les circonstances sont tout à fait exceptionnelles.

— C'est bizarre. Je croyais que les fantômes attendaient toujours minuit pour apparaître.

J'ai lu quantité d'histoires de revenants, et dans toutes, il est dit que les fantômes ne sont visibles qu'entre minuit et le chant du coq. Il faut croire que les temps ont changé...

— Sûrement ! dit Ficelle. Avec ces bombes atomiques... tout est détraqué.

Françoise tourne son regard vers l'horloge qui indique dix heures moins vingt-cinq. Elle constate :

— En somme, il est en retard... Il devrait déjà être là, en train de tirer sur ses chaînes...

Germaine se met à trembler. Elle saisit sa sœur par le bras et dit :

— Si vous le voulez bien, mesdemoiselles, nous allons monter tout de suite. N'est-ce pas, Agathe ?

— Tu as raison, Germaine. Montons sans retard.

— Et si le fantôme vient, prévenez-nous aussitôt. Mais avant d'entrer dans notre chambre, annoncez-vous, parce que nous allons nous enfermer à double tour. Bonne nuit ! mesdemoiselles. Dormez bien !

— Nous allons essayer...

Les demoiselles Faïence quittent le salon, montent l'escalier et s'enferment dans leur chambre. Françoise met le chat sur ses genoux et entreprend de lui gratter le haut de la tête. Boulotte décortique délicatement une noix extraite d'une petite poche en demandant :

— Alors, Françoise, crois-tu que le cher spectre va nous faire voir son museau ?

— Je l'espère...

— Eh bien, moi, je ne l'espère pas du tout ! s'écrie Ficelle avec un tremblement dans la voix.

Elle regarde autour d'elle en ouvrant de grands yeux, serre ses genoux et froisse sa robe nerveusement. Françoise lui lance un coup d'œil ironique.

— Je croyais que tu avais l'étoffe d'une super détective imbattable. Tu as peur !

— Non, je n'ai pas peur. Mais je ne suis pas très rassurée. Ce n'est pas du tout la même chose. Et puis...

— Chut ! Regarde le chat...

Mistigri vient de sauter à terre et dresse l'oreille...

chapitre 3

Le fantôme

Le silence n'est troublé que par le tic-tac du balancier de l'horloge qui marque dix heures moins le quart. Assise sur le canapé, la grande Ficelle chiffonne toujours nerveusement son pull. Boulotte a cessé de mastiquer. Françoise s'est levée et écoute, l'oreille aux aguets. Au loin, dans la nuit, un chien aboie. Mistigri se tient immobile sur ses pattes, comme un animal empaillé. Ficelle murmure :

— Je commence à avoir très peur... Et pourtant, je n'entends rien... !

C'est alors que les trois filles perçoivent le crissement des cailloux dans une allée.

Françoise sort de sa poche une petite lampe électrique. Elle tend le bras et appuie sur l'interrupteur du plafonnier. Le salon se trouve plongé dans le noir. Les pas sur l'allée se rapprochent, plus distincts. En même temps, la chaîne tinte en traînant sur les cailloux.

— Françoise, où es-tu ? demande Ficelle d'une voix mourante.

— Je suis toujours là, ma vieille.

— Il... il ne va pas entrer ici ?

— Mais non, voyons. Tout est fermé. Écoute plutôt. C'est passionnant. Il fait le tour de la villa.

En effet, le fantôme longe le côté de la maison pour aller vers l'arrière. Ficelle gémit :

— Il vient ! Il vient ! Montons chez mes tantes, vite !

— Nous sommes très bien ici.

— Non, allons là-haut ! Dans le noir, je ne suis pas très courageuse.

— Alors vas-y, si tu veux. Moi, je reste ici.

La grande Ficelle se tait, paralysée par un bruit nouveau qui la glace : le fantôme racle les volets de la fenêtre, les frappe, tente de les arracher. Françoise souffle :

— Ne bougez pas, vous deux. Je vais sortir et le surprendre par-derrière.

— Non, n'y va pas !

— Mais si ! Je veux voir quelle tête il a !

Ficelle et Boulotte restent seules dans le noir, terrifiées, se blottissant l'une contre l'autre. On entend un hurlement lugubre, comme la veille, puis des bruits indistincts, des chocs, un cri et une galopade sur les graviers. Les deux filles retiennent leur souffle. Il leur semble que le fantôme s'enfuie. Et puis, de nouveau, le silence.

Ficelle essaie de reprendre un peu de courage ; en tâtonnant, elle parvient à trouver l'interrupteur et à rallumer le plafonnier. Il n'y a avec elle que la bonne Boulotte, blanche comme un suaire. Le chat a disparu.

— Que fait donc Françoise ? Qu'attend-elle pour revenir ?

Dehors, c'est le silence, à l'exception des aboiements lointains d'un chien qui doit s'ennuyer. Ficelle attend une, deux minutes. Une pensée soudaine lui vient à l'esprit. Une pensée affreuse : si Françoise ne revient pas, c'est parce qu'*elle vient d'être enlevée par le fantôme* !

Ficelle se met à crier en appelant ses tantes à son secours, bientôt imitée par Boulotte. Elles restent au milieu du salon, ne sachant que faire, paralysées par l'émotion. Alors, la porte de l'entrée s'ouvre et Françoise apparaît, chancelante. Elle se frotte la tête en grimaçant. Ficelle se précipite vers elle.

— Oh ! Malheur de malheur ! Que t'est-il arrivé ? J'ai bien cru que le fantôme t'avait emportée sous son bras !

— Non, grogne Françoise, mais il m'a envoyé un joli coup sur le crâne... Ah ! le sauvage ! Qu'il me retombe un peu sous la main, et on verra si je n'en fais pas de la purée !

— Il est parti ?
— Oui.
— Tant mieux pour lui !

Complètement rassurée maintenant, Ficelle monte quatre à quatre jusqu'au premier étage pour aller chercher ses tantes. Elles apparaissent en chemise de nuit, descendent timidement, très inquiètes, et s'empressent auprès de Françoise. Germaine lui tapote les mains, comme on le fait généralement pour ranimer une personne évanouie, et Agathe verse de l'eau de fleur d'oranger sur un mouchoir pour lui bassiner les tempes.

Germaine s'écrie :

— Ciel ! Est-ce le fantôme qui vous a donné ce méchant coup ?

— Oui, c'est lui. Il ne m'a pas laissé le temps de lui rendre la pareille.

— Alors, ce n'est pas un pur esprit, puisqu'il vous a touchée ! C'est un esprit matériel...

— Dites plutôt un esprit frappeur... J'ai voulu le surprendre par-derrière au moment où il tentait de forcer les volets. Je l'ai éclairé avec ma lampe électrique.

— Ah ! Comment est-il ? demande Germaine.

— Oui, répète Agathe, comment est-il ?

— Il a tout à fait la mine d'un revenant classique. Une forme blanche qui porte une chaîne en guise de ceinture.

— Oh ! Et vous avez vu son visage ?

— Non.

— Ah ! Son visage était caché ? Par le suaire, sans doute ?

— Eh bien... non... C'est assez curieux, mais...

— Parlez, parlez !

Françoise hésite. Elle regarde les deux sœurs, puis Boulotte et Ficelle, et dit enfin à mi-voix :

— Je ne voudrais pas vous effrayer outre mesure, mais...

— Dites ! Au point où nous en sommes, une frayeur de plus ou de moins...

— Soit ! Eh bien, c'est un fantôme qui... *qui n'a pas de visage* !

Stupeur.

Germaine et Agathe ouvrent à demi la bouche, abasourdies. Ficelle tripote nerveusement la botte de paille qui lui tient lieu de chevelure. Le chat, qui est réapparu, bat l'air de sa queue, signe de mécontentement chez les félins. Françoise frotte sa tempe d'un air maussade. Boulotte enfin mastique machinalement un bout de bois de réglisse. Germaine dit avec hésitation :

— Alors, c'est... c'est un vrai spectre ? S'il n'a pas de tête ?

— Je ne sais pas, dit Françoise. À la place de la figure, j'ai vu un grand trou noir. Au moment où je me suis approchée, mon cher fantôme a brusquement levé le bras et j'ai senti un coup terrible contre ma tempe. C'était si soudain que je n'ai pas eu le temps de réagir. Je suis tombée dans les pommes... Mais je vous garantis que la prochaine fois, je cognerai la première !

— Oh ! là ! là ! s'écria Ficelle, tu veux encore affronter ce revenant ?

— Pardi ! Il ne va pas s'en tirer à si bon compte. Je vais lui donner une de ces leçons dont il se souviendra longtemps, aussi vrai que je m'appelle...

Elle s'interrompt, se tourne vers les sœurs Faïence et déclare :

— Assez de sport pour ce soir. Si vous le permettez, nous allons maintenant nous coucher.

— Je vais vous faire une goutte de verveine, dit Agathe, c'est souverain pour le mal de tête.

— Oh ! ce n'est pas la peine.

— Si, si ! Quand on a reçu un mauvais coup sur le crâne, il faut toujours boire de la verveine.

Boulotte approuve :

— Un peu de verveine me fera du bien aussi. Avec une goutte de lait, trois sucres et quelques petits gâteaux secs...

Ces demoiselles se remettent de leurs émotions en sirotant la tisane, puis tout le monde va se coucher au premier étage.

Germaine, Agathe et Ficelle restent longtemps éveillées, en retournant mentalement les terribles événements de la soirée. Boulotte s'endort tout de suite, parce qu'elle vient de remplir son estomac. Françoise s'endort également très vite, parce qu'elle n'a peur de rien.

chapitre 4

Popovitch

Le musée d'Art du futur de Framboisy est un bâtiment blanc qui ressemble à un gigantesque champignon de béton et de verre.

De larges baies vitrées laissent entrer à flots la lumière qui éclaire de vastes salles consacrées à la peinture et à la sculpture de notre temps, mais réalisées dans un esprit d'avenir. Nombre de ces sculptures ont pour thème la conquête du monde cosmique et représentent des fusées ou des stations de l'Espace. Les peintures sont des portraits imaginaires de Saturniens, des paysages de Jupiter ou des figurations de ce que seront les cités de l'an 3000.

Trois toiles retiennent plus particulièrement l'attention. Elles sont dues au talent de l'artiste bulgare Popovitch, bien connu pour l'imagination délirante qu'il manifeste dans ses tableaux de science-fiction. Ces trois compositions sont accrochées à la place d'honneur sur le panneau central de la salle des peintures. Elles ont pour titre *L'astronaute empaillé, Galaxie circulaire* et *Martien mangeant une choucroute.*

Les musées américains ont offert des sommes fabuleuses pour l'achat de ces trois toiles, mais la ville de Framboisy s'est toujours refusée à s'en séparer. Elle estime qu'elles font partie du patrimoine national et que ce serait un crime d'en priver notre pays pour quelques misérables millions de dollars.

Ce matin-là, une animation inhabituelle agite les gardiens du musée. Ils circulent, s'interpellent, se parlent à l'oreille. Le gardien-chef donne des ordres, monte et descend l'escalier qui s'élève au centre du champignon géant. Dans un angle de la salle des peintures, un buffet a été dressé et un maître d'hôtel empile soigneusement des petits sandwiches entre des seaux à champagne.

À onze heures, on doit procéder à la remise officielle au musée d'une nouvelle sculpture, offerte par Popovitch. Le grand artiste a daigné se déplacer pour cette occasion exceptionnelle. Il se dérange d'ailleurs volontiers lorsqu'on lui donne l'occasion de prononcer son propre éloge. Ce qu'il ne va pas manquer de faire, la sculpture étant de lui.

Elle a été mise en place la veille au soir, face aux trois tableaux du même artiste. Car Popovitch n'est pas seulement peintre et sculpteur, mais aussi décorateur, scénariste, écrivain, compositeur et danseur. On lui doit même une pièce de théâtre en vingt-six actes et quatre-vingt-douze tableaux, *Les ridicules précieuses,* dont la représentation dure trois jours entiers. Cette pièce a été jouée une fois – une seule – à bord d'un sous-marin atomique prêté par la Marine nationale.

La sculpture de Popovitch est évidemment de style futuriste. Elle représente un automate assis sur une charrue, qui tient de la main gauche une balance et de la droite un aspirateur. Ce curieux personnage est censé représenter « la Conscience universelle en marche vers le Progrès impalpable ». Formule inventée par le maître Popovitch lui-même, qui ajoute : « Cette sculpture admirable est la preuve vivante de mon génie insurpassable. »

C'est donc cette *Conscience universelle* qui doit être inaugurée à onze heures, en ce dimanche matin. Et cette nouvelle, déjà connue dans la ville depuis plusieurs jours, attire dès neuf heures une foule de curieux. Ils espèrent entrevoir, avec un peu de chance, les cheveux du maître, qui sont toujours coiffés en cornes de diable.

Dans cette foule se trouvent Françoise, Ficelle et Boulotte. La grande Ficelle s'est un peu remise des émotions de la nuit. Elle oublie provisoirement le fantôme de la villa des Pétunias, ses hurlements et ses bruits de chaînes. Elle se dresse sur la pointe des pieds pour essayer de voir les gens qui pénètrent dans le musée, soigneusement contrôlés au passage par les gardiens. Car l'entrée est réservée au comité artistique de la ville et aux journalistes. Boulotte se dresse aussi sur la pointe des pieds, pleurniche :

— Je ne vois rien !

— Pour l'instant, dit Françoise, il n'y a rien à voir ; tout à l'heure, peut-être. Quand Popovitch va arriver.

— Mais à ce moment-là, il y aura encore plus de monde ! On ne pourra même pas s'approcher de lui ! Pourtant, je voudrais bien savoir comment il est... Et lui demander quel est son plat préféré... On devrait essayer d'aller près de l'entrée.

— Non, au contraire.

— Mais tu es folle !

— Pas du tout !

Ficelle approuve Boulotte :

— Françoise, tu es folle. Il faut aller près de l'entrée.

— Non. Je te garantis que tu verras Popovitch comme tu me vois et même que tu assisteras au cocktail. Ne bougeons pas d'ici.

— Oh ! mais plus nous serons loin de l'entrée, moins nous aurons de chances !

— Tais-toi donc ! Tiens, regarde ! Le voilà !

Une énorme voiture couleur framboise écrasée vient de déboucher sur la place. Elle arrive lentement, avec une certaine majesté. La grande Ficelle se rend compte que, pour atteindre l'entrée du musée, la voiture devra passer tout près de l'endroit où elle se trouve.

À ce moment, se produit un fait qui stupéfie Ficelle. Alors que l'auto du maître n'est plus éloignée que d'une dizaine de mètres, Françoise porte à ses lèvres un sifflet dans lequel elle souffle, en même temps qu'elle se poste en plein devant la voiture, bras écartés. Le chauffeur freine et Françoise s'approche vivement en souriant pour lui dire :

— N'avancez pas plus, il faut de la place pour le car de la télévision.

Puis elle ouvre la portière arrière et salue Popovitch en s'écriant :

— Bonjour, maître ! La bonne ville de Framboisy vous souhaite la bienvenue et s'honore de voir dans ses murs un hôte aussi illustre !

L'artiste incline légèrement la tête avec un sourire de condescendance et s'avance vers l'entrée du musée, suivi de près par Boulotte et Ficelle. Françoise marche résolument devant lui.

C'est un homme d'assez haute taille, aux traits fins, au grand nez. Sur sa tête, ses cheveux cosmétiqués se dressent en deux pointes démesurées, comme des antennes. Il porte en outre une barbiche non moins effilée que ses cheveux, de sorte que ces trois pointes qui lui sortent de la tête lui confèrent l'aspect de quelque monstre marin, ou d'une créature extraterrestre. Il fume une pipe au tuyau torsadé qui laisse derrière lui un nuage parfumé rappelant l'encens. Et il marche d'un pas nonchalant, un poing sur la hanche, regardant autour de lui d'un air supérieur, mais non point dépourvu d'amabilité. On le sent heureux de la curiosité qu'il soulève. La foule s'écarte sur son passage, laissant circuler par la même occasion les trois filles. En compagnie de l'artiste, elles montent l'escalier du musée, saluées par les membres du comité d'accueil. Comme l'un d'eux s'approche de Françoise pour ébaucher une demande d'explication sur sa présence, elle lui dit sèchement :

— Le maître est avec moi !

L'autre n'insiste pas et salue encore plus bas.

On se réunit entre la sculpture et les tableaux. Le directeur du musée fait un petit discours pour accueillir Popovitch et le remercier du don inestimable qu'il vient de faire à la ville. Lorsqu'il le compare à Léonard de Vinci, Michel-Ange et Salvador Dali, le Maître approuve d'un hochement de tête. Puis il répond en se félicitant de voir son génie apprécié à sa juste valeur.

Quand il en a terminé, tout le monde applaudit très fort et se précipite sur le buffet pour dévorer les petits-fours en les arrosant de champagne. Boulotte se distingue particulièrement dans cet exercice. Quand il ne reste plus la moindre miette du dernier petit canapé, la gourmande donne le signal de la retraite. Il est d'ailleurs près de midi, et il faut songer à retourner à la villa des Pétunias.

chapitre 5
Pièges

Pour occuper le dimanche après-midi, Françoise, Ficelle et Boulotte vont au cinéma. Il y a au programme un joyeux festival de vieux films à base de poursuites et de tartes à la crème. Charlot échappe au grand policeman, Laurel et Hardy reçoivent sur la tête une bonne dose de farine, de suie ou de peinture. Dans la salle, c'est l'hilarité générale. Ficelle rit encore en sortant du cinéma.

Mais lorsqu'elle s'achemine de nouveau vers la villa hantée, elle perd bien vite son sourire. La soirée se rapproche et avec elle la perspective d'un retour du fantôme. Elle fait part à Françoise de son inquiétude :

— Dis-moi... Crois-tu que le revenant va revenir ?

— Oui, comme son nom l'indique. J'ai l'impression que cette maison lui plaît. Je ne vois pas pourquoi il ne ferait pas sa petite visite chaque nuit.

— Oh ! il va encore épouvanter mes tantes...

— Bah ! Elles s'effraient d'un rien...

— Tout de même ! Un fantôme... Il me semble qu'il y a de quoi avoir peur !

— Bon, si tu veux...

— Il faudrait pourtant faire quelque chose pour le chasser, ou lui enlever le goût de revenir.

— Bien sûr. Mais as-tu une idée ?

Ficelle plisse son front, ce qui lui donne l'aspect d'une tôle ondulée. En plus petit, bien sûr. Puis elle se balance sur un pied, mord ses lèvres, tortille le bas de sa robe, grogne deux ou trois fois, regarde vers les nuages que teinte de rose le soleil couchant. En fin de compte, elle propose :

— Nous pourrions nous cacher dans le jardin et lui donner un grand coup sur la tête quand il passera dans l'allée ?

— Bravo ! Tu n'as pas peur de te battre contre lui ?

— Heu... Si. Mais tu passeras devant...

Françoise éclate de rire.

— C'est tout ce que tu as à me proposer ?

— Oui... Hum !... Attends, je crois qu'il me vient une autre idée... Une idée fortement géniale ! Et même hyper-ficelienne !

— Je l'espère. Qu'est-ce que c'est ?

— Voilà. Dans le film, tout à l'heure... Tu as vu ce qu'il y avait ?

Boulotte intervient :

— Il y avait des tartes à la crème. Des tartes magnifiques... Quel dommage de se les envoyer à la figure !

— Non, dit Ficelle, je ne veux pas parler des tartes. Je parle du gros sac de ciment accroché à une corde. Vous savez, quand Laurel et Hardy essaient de le faire monter à l'étage avec une poulie... Eh bien, quand Laurel a lâché la corde, le sac est retombé sur le gros Hardy. On pourrait essayer de faire la même chose avec le fantôme ?

Françoise réfléchit.

— Ce n'est pas si bête, ton truc...

— Je pense bien ! Quand il sera en train de gratouiller le volet, pan ! On lui laisse tomber un grand sac de charbon, ou de farine sur le crâne...

— Oui, c'est vrai... S'il essaie encore d'ouvrir la fenêtre, il restera sur place pendant un moment et nous pourrons en profiter pour le bombarder...

La grande Ficelle saute de joie en voyant son plan approuvé, d'autant plus qu'il doit lui permettre de rester à l'abri dans la maison. Françoise sourit.

— Alors, c'est entendu. Nous allons essayer ta ruse de guerre. J'aimerais assez verser sur son suaire blanc un bon pot de goudron !

Elles reviennent à la villa en courant presque. Ficelle entre en coup de vent dans le salon où les demoiselles Faïence tricotent paisiblement en sirotant du thé au jasmin. Devant l'arrivée intempestive de la grande fille, Mistigri plonge sous le canapé. Ficelle s'écrie :

— Mes tantes, il nous faut un gros sac de farine ou de charbon, ou un seau plein de peinture rouge, ou un tonneau de goudron. Et puis une corde et une poulie.

— Ciel ! s'exclame Germaine, que veux-tu faire avec ce matériel ? C'est pour repeindre la maison ?

— Non, c'est pour faire tomber sur la tête du fantôme !

Et Ficelle explique aux deux sœurs qui ouvrent des yeux ronds la stratégie anti-revenant qu'elle compte employer le soir même. Germaine paraît très surprise, et Agathe très inquiète. Celle-ci déclare :

— Si vous faites du mal au fantôme, il va devenir encore plus méchant. Et alors, c'en sera fait de nous !

— Non, dit Françoise en secouant la tête, il a besoin d'une bonne leçon. Voilà ce qu'il lui faut. Après, il ne reviendra plus. L'idée de Ficelle est assez ingénieuse.

Ficelle se redresse fièrement et les demoiselles n'insistent pas. Elles reprennent une tasse de thé pour calmer leur émotion, puis confèrent à voix basse. Cette petite discussion les amène à prendre une décision grave ; dans le cas où la tentative de leur nièce échouerait, elles quitteraient la villa pour aller se réfugier chez leur sœur Aglaé qui habite à trente kilomètres de là, à Trou-la-Chaussette.

Pendant ce temps, Françoise, Ficelle et Boulotte furètent dans tous les coins de la maison ; les deux premières pour rassembler leur matériel de guerre, la troisième pour voir s'il ne traîne pas quelque bout de saucisson. Françoise et Ficelle trouvent une corde au grenier, un vieux seau dans la cabane du jardin et du charbon à la cave. Elles remplissent le seau de boulets, le montent péniblement à l'étage. Elles ouvrent la fenêtre, attachent un bout de la corde au balcon, l'autre bout à l'anse du seau, et laissent pendre le récipient à l'extérieur. Quand le fantôme viendra sous la fenêtre, il ne restera plus qu'à couper la corde avec un sécateur et le seau lui tombera dessus !

Ravies de leur stratagème, les deux amies retrouvent Boulotte qui mâche allégrement un morceau de gruyère dérobé dans la cuisine. Toutes trois dînent de bon appétit, dévorant en un seul soir les provisions que les demoiselles Faïence mettent une semaine à consommer. Elles en sont au dessert, Ficelle déclare qu'elle est impatiente de voir le fantôme arriver, quand un coup de clochette au portail se fait entendre. Françoise se lève.

— J'y vais !

Elle sort du pavillon, traverse le jardinet et s'approche de la grille.

— Tiens ! Il n'y a personne...

Elle aperçoit alors une chose blanche enfilée sur une des pointes de la grille. Une feuille de papier. Elle la décroche, revient dans la maison, lit à haute voix la phrase écrite en caractères d'imprimerie :

SI VOUS VOULEZ SAVOIR LA VÉRITÉ SUR LE FANTÔME, VENEZ TOUT DE SUITE À LA FERME DU DIABLE.

— Quelle est cette ferme ? demande Françoise après avoir lu le message.

Germaine répond en frissonnant :

— C'est une ferme abandonnée, isolée, sur la route de Trou-la-Chaussette. À cinq ou six kilomètres d'ici, après un passage à niveau. Vous n'avez pas l'intention de vous rendre là-bas ?

— Mais si, je vais y aller. Il faut absolument que je tire cette histoire au clair. Je me demande *qui* a écrit ce message...

Agathe renchérit :

— N'allez pas là-bas... C'est un endroit maudit !

— Pourquoi l'appelle-t-on « Ferme du Diable » ?

— Je l'ignore, mais sans doute parce que ce n'est pas un endroit à fréquenter.

— Bon. Je vais toujours y faire un petit tour.

— Mais vous n'allez pas nous laisser seules ! Si le fantôme vient ?

— Ficelle fera fonctionner le piège. Et puis ne vous inquiétez pas. Je serai bientôt de retour. Juste le temps d'aller et de revenir. À tout de suite !

Transies, tremblantes, elles regardent Françoise s'enfoncer dans l'obscurité.

Une nuit silencieuse, profonde, enveloppe Framboisy. Un silence troublé cependant par la pétarade d'un vélomoteur qui roule à toute allure vers Trou-la-Chaussette. Il sort de la ville, roule à travers la campagne pendant une douzaine de minutes, puis coupe une voie ferrée. Fantômette murmure alors :

« Je ne dois plus être bien loin, maintenant. C'est sûrement cette masse sombre. »

On distingue en effet une construction, à l'écart de la route. Un petit chemin de traverse y conduit. La jeune aventurière s'y engage résolument. Son phare éclaire les sinuosités, les bosses et les creux du chemin. Elle atteint la ferme du Diable, s'approche et glisse la main dans une petite poche de son justaucorps de soie pour y prendre sa lampe électrique.

« Ah ! zut ! J'ai oublié de la récupérer hier soir. Elle est restée dans le jardin. »

Elle ouvre une sacoche de son vélomoteur, en sort un briquet à gaz et l'allume. Elle se trouve devant la bâtisse. En approchant la flamme du battant, elle voit qu'il est entrebâillé.

« Puisque c'est ouvert, entrons ! »

La pièce dans laquelle elle pénètre est une de ces grandes cuisines campagnardes qui servent de salle commune. Au fond, une vaste cheminée. Une table et un banc de bois composent tout l'ameublement. L'ensemble est poussiéreux, livré aux araignées, qui ont tissé leurs toiles dans tous les recoins. Le lieu paraît déserté depuis longtemps.

« Que diable suis-je venue faire ici ? Il n'y a pas un chat... »

C'est alors qu'il lui semble percevoir un bruit léger. Des craquements de bois, des grincements. Cela provient d'une pièce voisine. Fantômette tire de sa ceinture un petit poignard et marche vers une porte qui se trouve à côté de la cheminée. Cette porte, comme la première, est entrouverte. Elle la repousse avec le pied, entre. C'est une sorte d'office, à peu près désaffecté. Il n'y a là que quelques bouteilles vides et une chaise qui perd sa paille. Perplexe, la jeune aventurière regarde autour d'elle.

« D'où vient donc ce bruit ? D'une autre pièce ? Du grenier ?... Continuons notre petite visite... »

Dans son dos, se produit un claquement sec. Elle se retourne : la porte de l'office vient de se refermer. Un bruit de clé tournant dans la serrure, puis des pas qui s'éloignent. Fantômette appuie sur la poignée, secoue la porte.

« Fermée ! Qui donc s'amuse à me faire des farces ? Le cher fantôme ? Je n'aime pas beaucoup ce genre de plaisanterie ! »

Elle s'approche de la fenêtre. Mais c'est pour constater qu'elle est condamnée par des barreaux de fer. Là-bas, sous la pâle lueur d'un croissant de lune, une silhouette s'éloigne à grands pas. Après quelques instants, une voiture se met en route. Fantômette se mord le bout de la langue.

« Évidemment, c'était un coup monté. On m'a fait venir ici uniquement pour me boucler. Mille pompons ! Que j'ai été bête de venir me fourrer dans ce piège !... Ce n'est pas digne de moi... Je mérite un bon zéro, une retenue et des leçons à copier ! »

Elle revient vers la porte, en chêne massif, trop épaisse pour être défoncée. Par acquit de conscience, la jeune justicière fait un essai en se servant de la chaise comme d'un bélier. Sous le choc, la chaise se disloque et éclate en dix morceaux.

« Eh bien, me voilà prisonnière. Et pendant ce temps, *le fantôme va venir dans la villa.* Je me demande si les occupantes auront le courage de se mettre à la fenêtre pour faire fonctionner le piège à revenants. Sinon, les choses risquent de tourner mal pour elles... Ah ! Il faut que je trouve le moyen de sortir d'ici ! »

chapitre 6

Angoisses

Une atmosphère d'épouvante règne dans la villa des Pétunias. Françoise est partie depuis plus d'une heure. Les sœurs Faïence, Boulotte et Ficelle regardent anxieusement par la fenêtre du salon, en direction de la rue. Mais rien n'apparaît. Mistigri va et vient dans la maison, le museau en l'air, la queue agitée. L'horloge vient de sonner neuf fois. Germaine murmure :

— Le fantôme ne va pas tarder à venir...

— C'est vrai, dit Agathe à voix basse, il ne va pas tarder.

— Et Françoise qui ne revient pas ! Pourvu qu'il ne lui soit pas arrivé un accident ! Nous n'aurions jamais dû la laisser partir ! Je le savais bien, moi, que c'était une mauvaise chose d'aller dans cette maudite ferme !

Un moment passe. Boulotte, assise sur le canapé, abandonne la dégustation d'une madeleine pourtant délicieuse, tant l'émotion lui noue la gorge. Serrée tout contre elle, la grande Ficelle jette autour de la pièce des regards apeurés. D'une voix chevrotante, Agathe demande :

— Est-ce que nous ne devrions pas monter maintenant ?

— Oui, oui, approuve Germaine, ne restons pas ici. Allons toutes au premier étage...

Elles montent l'escalier, se groupent dans la chambre où la machine anti-fantôme a été préparée. Ficelle s'approche de la fenêtre, tire lentement sur un battant pour l'entrouvrir et risque un regard vers le jardin. En se penchant un peu, elle peut voir le seau pendu au bout d'une corde qui mesure à peu près cinquante centimètres de long. Le jardin est désert, la nuit sereine. Germaine et Agathe s'assoient sur leur lit. En comptant les battements de leur cœur, elles attendent. La grande Ficelle, qui a tout d'abord souhaité l'arrivée du fantôme, espère désormais qu'il renoncera à sa visite. Dans le lointain, le chien se remet à aboyer, ainsi qu'il l'a fait la veille. Mistigri s'immobilise, baisse son nez au ras du sol comme s'il venait d'apercevoir une souris sous un meuble.

Alors, se produit de nouveau le crissement des pas sur le gravier, le raclement des chaînes. Germaine gémit :

— Ciel ! le voilà...

— Le voilà ! souffle Agathe.

La grande Ficelle, à la fois morte de peur et avide d'apercevoir le spectre, glisse son regard dans l'entrebâillement de la fenêtre.

Et elle voit...

Une silhouette blanche apparaît en contrebas, dans une des allées du jardin, marchant lentement, les mains en avant comme un somnambule. La main droite de l'abominable visiteur semble tenir un objet qui brille vaguement sous un rayon de lune. Il s'approche des volets du rez-de-chaussée, lève le bras... et commence à les gratter avec l'objet, comme il l'a déjà fait auparavant. Ficelle retient son souffle, prête à crier.

Les demoiselles Faïence balbutient :

— Que fait-il ? Que fait-il ?

La grande fille est trop effrayée pour répondre. Elle est comme hypnotisée par la présence de ce fantôme qui continue de détériorer les volets, juste sous la fenêtre. Rassemblant le peu de courage qui lui reste, elle essaie de se rappeler le plan d'attaque qu'elle a mis au point avec Françoise. Il faut faire tomber le seau...

Elle saisit le sécateur qui a été préparé, coupe la corde. Une seconde de silence, puis un choc et un long cri de douleur, suivi d'un bruit de pas précipités. Ficelle se penche par la fenêtre, juste pour voir le revenant tourner le coin de la maison en s'enfuyant à toutes jambes !

— Ça y est ! Ça y est ! Je l'ai eu ! C'est réussi ! Il se sauve ! Victoire !

Les demoiselles poussent un soupir de soulagement.

— Ouf ! fait Germaine, tant mieux ! Il allait finir par nous faire mourir de peur. N'est-ce pas, Agathe ?

— Sûrement, Germaine.

— Mais il va peut-être revenir la nuit prochaine. J'ai bien envie que nous allions quand même nous réfugier chez notre sœur Aglaé...

— Mais, dit Ficelle, ma ruse a réussi ! Il est parti grâce à moi. Je l'ai balayé comme une vulgaire épluchure !

Germaine secoue la tête.

— Vous l'avez chassé pour cette nuit, mais il peut très bien avoir envie de recommencer son manège. Et il sera encore plus en colère... Non, non, je n'ai pas du tout l'intention de vivre de nouveau une nuit comme celle-ci... Mon pauvre cœur n'y résisterait pas. Nous allons partir dès demain matin.

— Parfaitement, approuve Agathe, dès demain matin !

Comme la demoiselle achève de prononcer cette phrase, le gravier crisse de nouveau. Ficelle se sent blêmir, en même temps que ses cheveux filasse se hérissent comme des poils de balai.

Elle gémit :

— Aaaah ! Il revient !

Les deux sœurs Faïence manquent de s'évanouir. Mais Ficelle s'aperçoit qu'il ne s'agit plus du fantôme, mais de Françoise. La brunette s'avance sous la fenêtre en agitant la main. Elle crie :

— N'ayez pas peur ! C'est moi, Françoise. Comment ça va là-haut ?

Ficelle pointe son doigt vers le bas.

— Il nous a rendu visite, il y a trois minutes. Regarde, je lui ai laissé tomber le seau sur la tête, comme prévu.

— Bravo, ma vieille ! Et qu'a-t-il dit ?

— Il a crié et il s'est sauvé comme un lapin.

— Parfait ! Ouvrez-moi la porte d'entrée et je vous donnerai une médaille pour votre conduite courageuse !

Une minute après, Françoise peut enfin fournir l'explication de son retard.

— Je suis donc allée dans cette ferme du Diable qui mérite bien son nom. On m'y a enfermée...

— On t'y a enfermée ? Qui ?

— Sans doute le fantôme. Il voulait être sûr que je ne lui mettrais pas des bâtons dans les roues pendant qu'il viendrait secouer ses chaînes ici. C'était bien combiné. Seulement, j'ai réussi à sortir de la pièce.

— Comment as-tu fait ?

Françoise approche une de ses manches du visage de son amie.

— Sens-tu cette odeur ?

— Mmmm ?... Tu sens la fumée.

— Oui... Avec la paille et le bois d'une chaise, j'ai mis le feu à la porte. J'avais un briquet.

— Et la porte a brûlé ?

— Assez mal, mais elle a brûlé, oui. Pendant un quart d'heure j'ai toussé et j'ai pleuré, mais tout de même le bois s'est consumé autour de la serrure et j'ai fini par pousser le battant à coups de pied.

Ficelle ouvre de grands yeux, en admiration devant son amie.

— Oh ! Je n'aurais jamais eu l'idée de mettre le feu à la porte pour m'évader ! Ça, non ! C'est une idée à la Fantômette... Et pourtant, j'en ai, de l'imagination ! C'est moi qui ai inventé la machine à farcir les lentilles, tu te souviens ? J'en avais fait les plans sur mon cahier de vocabulaire... Même que Mlle Bigoudi m'avait donné la leçon à copier trois fois... Une machine qui aurait pourtant marché très bien... Aussi bien que mon piège à fantômes...

— C'est vrai qu'il a très bien fonctionné. Ton idée était parfaite, ma grande. Maintenant, il n'aura plus envie de revenir, cet affreux !

— C'est nous qui ne reviendrons plus ! s'écrie Germaine.

— Oui, confirme Agathe, nous allons partir et nous réfugier chez notre chère sœur Aglaé. Au moins, sa maison est tranquille.

Françoise réfléchit un instant, puis murmure :

— J'ai l'impression que vous allez faire justement ce que le fantôme attend de vous. S'il vous a effrayées, ce n'était que *pour vous faire partir de cette villa.*

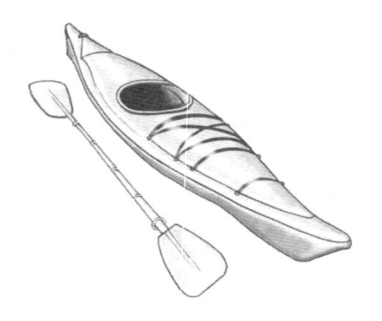

chapitre 7

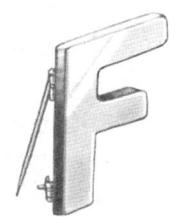

Le cambriolage

Dès le petit jour, les demoiselles Faïence se lèvent pour préparer leur départ. La décision est irrévocable : il leur est devenu impossible de vivre plus longtemps dans une maison hantée. Elles reviendront plus tard, dans trois ou quatre mois, le temps que leur hôte indésirable change d'avis et s'en aille effrayer quelque autre maisonnée. La région de Framboisy ne manque pas de vieux châteaux, qui ne demandent qu'à recevoir des revenants de bonne qualité, propres à attirer une belle clientèle de touristes ! Entre-temps, elles tâcheront de trouver un locataire, s'il en existe un assez courageux pour habiter la villa.

Elles s'entendent avec un transporteur pour qu'il prenne soin de déménager leurs pots à cactus jusqu'à Trou-la-Chaussette et lui font mille recommandations, l'adjurant de conduire lentement son camion afin que les précieuses plantes ne soient pas secouées. Elles emballent leurs petites affaires, mettent dans un sac à ouvrage la laine, les aiguilles à tricoter, la théière, l'eau de fleur d'oranger et le chat, puis se rendent en autocar chez leur sœur Aglaé, après avoir pris soin de laisser sur leur porte un petit écriteau où l'on peut lire :

DÉFENSE D'HANTER.

*

* *

Françoise est décidée à faire toute la lumière sur ce qu'elle appelle « l'affaire du fantôme », mais au cours de la journée, son attention est détournée par une autre affaire, d'un genre bien différent. À midi, c'est-à-dire à peu près au moment où les demoiselles Faïence quittent la ville, elle achète au kiosque de la Grand-Place un des journaux qui viennent d'arriver de la capitale : *France-*

Flash. Sur la première page, un énorme titre s'étale en gros caractères :

LE FURET LANCE UN DÉFI !

L'article, signé Œil de Lynx, est ainsi rédigé :
Nous venons de recevoir une lettre du fameux chef de bande qui se fait appeler le Furet et nous nous empressons de la reproduire, car son contenu intéressera certainement nos lecteurs :
Considérant que mes collections personnelles seraient incomplètes s'il n'y figurait pas quelques œuvres du maître Popovitch, j'ai décidé d'inscrire à mon catalogue particulier les trois tableaux suivants : *L'astronaute empaillé, Galaxie circulaire, Martien mangeant une choucroute.* J'irai moi-même chercher ces tableaux au musée d'Art du futur de Framboisy, dans la nuit du 16 au 17 mai.

Signé : Le Furet.

Françoise relit trois fois l'article. Elle murmure :
« Quel infernal toupet ! Il ne recule devant rien ! Annoncer ses cambriolages à l'avance... C'est incroyable ! Voyons... la nuit

du 16 au 17... Mais c'est ce soir, c'est la nuit prochaine ! »

Elle lève les yeux vers le musée. Devant l'entrée, stationne une voiture de police. Des agents bavardent avec les gardiens. Sans doute le commissaire de Framboisy connaît-il déjà le projet du Furet et prend-il ses dispositions pour empêcher le vol.

Françoise se réjouit intérieurement. Le fameux malfaiteur séjourne dans la même ville qu'elle, et il va se livrer à l'un de ses exploits coutumiers. Elle se trouve ainsi aux premières loges pour assister à l'opération !

« Voici une magnifique occasion pour observer les méthodes du personnage. S'est-il trop vanté ? Va-t-il réellement pénétrer dans le musée et s'emparer des trois tableaux ? Je serais curieuse de savoir comment il compte s'y prendre ! »

En s'approchant de l'entrée, elle est aperçue par le conservateur qui lui fait signe et lui demande :

— Ne vous ai-je pas déjà vue hier, à la réception Popovitch ?

— Oui, c'est vrai.

— Vous paraissiez vous entendre très bien avec le maître ?

— Tout à fait bien. Je l'admire beaucoup et je ne veux pas qu'il arrive malheur à ses toiles.

Elle désigne le journal. Le conservateur lit l'article, soupire :

— C'est bien le texte que la Préfecture m'a téléphoné il y a une demi-heure. Vous voyez, nous sommes en train de prendre nos dispositions pour interdire à ce brigand l'entrée de mon musée.

— Et vous croyez que ce sera efficace ?

— Je l'espère, mademoiselle. Je suis même persuadé que, devant ce déploiement de forces, il renoncera à sa tentative. Tenez, venez voir...

Françoise suit le conservateur dans la salle des peintures, où se trouvent des agents en uniforme et des policiers en civil immédiatement reconnaissables à leurs chapeaux de feutre mou et à leurs imperméables mastic. Le conservateur explique :

— Voyez... La salle ne comporte qu'une seule entrée, devant laquelle se tiendront deux agents. Les fenêtres sont verrouillées de l'intérieur. Le Furet ne disposera d'aucun moyen lui permettant de pénétrer dans cette salle. Et je vous garantis qu'il n'y a ici aucune trappe, aucun passage secret. Nous ne sommes pas dans un vieux château plein de souterrains, non. Ici, c'est une construction moderne, simple et nette. De plus, je vais passer la nuit sur place, en compagnie de M. le commissaire Maigrelet, et je ferai bonne garde, soyez-en sûre. Donc, j'estime que le dénommé Furet nous laissera bien tranquilles. Il renoncera à voler les trois tableaux !

Le regard de Françoise se porte alors sur le robot intitulé *La Conscience universelle*. Elle le désigne en demandant :

— Et ceci ? Imaginez qu'il se soit caché dans cette espèce d'armure ?

Le conservateur tressaille. La statue de métal est d'une taille suffisante pour dissimuler un homme. La supposition de la jeune aventurière est donc loin d'être absurde. Il confère à voix basse avec les agents, qui se postent autour du robot, pistolet au poing. Puis le conservateur ordonne :

— Sortez de là ! Allez, vous êtes repéré ! Inutile de vous cacher plus longtemps, monsieur le Furet !

La sculpture reste parfaitement silencieuse. Un des agents suggère de tirer une balle dedans, mais le conservateur s'y oppose, refusant de voir détériorer une œuvre d'art.

On fait venir un gardien muni d'un tournevis. Il démonte la tête de métal, et on se penche pour regarder à l'intérieur du corps de la statue.

Il est vide.

Le conservateur pousse un soupir de soulagement.

— Bon ! Maintenant, je suis tranquille. Il n'y a plus rien à craindre. Avec la surveillance intérieure et le cordon d'agents qui encerclent le musée, une mouche ne trouverait pas la place de passer.

— Et le toit ? dit Françoise. S'il s'y posait avec un hélicoptère ?

— J'y ai pensé. Il y aura des hommes armés au-dessus du musée. Et toutes les lumières resteront allumées pendant la nuit. Nous disposons même d'un groupe électrogène, pour le cas où le Furet essaierait de couper le courant. Croyez-moi, le vol des tableaux est impossible !

Françoise sort du musée, assez impressionnée par le luxe de précautions prises. Le Furet a certes eu tort d'annoncer son cambriolage à l'avance. Par vantardise, sans doute. Il va se heurter à un mur infranchissable.

Françoise s'éloigne sans se presser de la Grand-Place. Elle médite. La prochaine nuit, à Framboisy, sera fertile en événements bizarres. D'une part, le cambriolage – ou la tentative – du Furet, d'autre part, une nouvelle visite du fantôme à la villa des Pétunias, s'il est disposé à continuer sa série d'apparitions.

« Il va falloir que je choisisse. Ou je monte la garde dans la villa, comme d'habitude, ou je surveille le musée. Voyons... Le fantôme vient vers neuf heures et quart, neuf heures vingt. Je l'attendrai jusqu'à la demie. S'il ne se montre pas, j'irai faire un petit tour du côté du musée. Bon, voilà qui est dit ! Et maintenant, allons écouter de la musique... »

Françoise, Boulotte et Ficelle passent l'après-midi du 16 à écouter des CD, à enrouler leurs mèches de cheveux sur des bigoudis autocollants et à essayer de jouer la *Sixième Symphonie* de Beethoven sur une guitare qui ne possède plus que deux cordes. Puis elles regardent une émission de chanteurs à la télévision et dînent. À vingt et une heures, Françoise manifeste son intention de sortir. Ficelle lui demande :

— Tu veux retourner au cinéma ?

— Non, j'ai envie d'aller faire un petit tour à la villa des Pétunias. Le fantôme va peut-être revenir une nouvelle fois. Veux-tu m'accompagner ?

Ficelle frissonne.

— Retourner dans cette grande maison vide ? Oh, non ! Encore, quand il y avait mes tantes... Mais maintenant qu'elles sont parties ! Je ne veux plus aller dans cette maison hantée.

— Et toi, Boulotte ?

La grosse gourmande retire de sa bouche la pomme qu'elle est en train de croquer et dit en frissonnant :

— Même pour une tarte aux framboises, je ne retournerais pas là-bas !

Françoise hausse les épaules.

— Vous me faites une belle équipe de poules mouillées ! J'y vais, moi.

— À quelle heure rentreras-tu ? demande Ficelle.

— Aucune idée. En tout cas, ne m'attendez pas.

Elle sort, saute sur son vélomoteur et démarre. Lorsqu'elle est arrivée devant la grille de la villa, elle regarde autour d'elle. Personne en vue. Un bond souple pour escalader la clôture, puis un saut à terre. Où se cacher pour voir sans être vue ? Elle contourne la maison, aperçoit la cabane à outils et sourit. Oui, c'est là une bonne cachette.

Elle entre, s'assied sur une vieille caisse vide et attend. La nuit est calme, comme la veille. Le fantôme va-t-il faire sa visite habituelle ? S'il a vraiment reçu le seau à charbon sur la tête, peut-être est-il en train de se faire soigner dans un hôpital ? Françoise jette un coup d'œil sur le cadran phosphorescent de sa montre : 21 h 15.

« Encore quelques minutes à attendre. »

Les minutes s'écoulent, et Françoise tend l'oreille. Une voiture passe dans la rue, puis elle entend le pas de deux promeneurs qui circulent en bavardant. Dans le lointain, le chien aboyeur lance son concert nocturne.

21 h 25... 21 h 30...

Françoise sort de la cabane en grommelant :

« Eh zut ! Je suis venue pour rien. C'est bien ce que j'avais pensé. Il voulait simplement effrayer les demoiselles Faïence pour qu'elles quittent la villa. Maintenant que ce but est atteint, il n'éprouve plus le besoin de revenir. »

Elle escalade la grille en sens inverse, saute dans la rue et reprend son vélomoteur pour rouler vers la Grand-Place. Devant le musée stationne un car de police. Des agents gardent l'entrée. D'autres patrouillent autour de l'édifice fortement éclairé à l'intérieur par une profusion de tubes fluorescents, et à l'extérieur par des projecteurs. La lumière forme autour du bâtiment une ceinture lumineuse de cent mètres de largeur. Personne ne pourrait s'approcher sans être immédiatement repéré. Françoise hoche la tête en murmurant :

« Décidément, ce n'est pas cette nuit que le Furet s'emparera des trois tableaux du maître Popovitch ! »

Elle rentre se coucher.

chapitre 8

Mystère inexplicable

Le conservateur du musée de Framboisy lève les yeux vers le panneau où les trois tableaux sont accrochés et pousse un profond soupir de soulagement.

— Ouf ! Monsieur le commissaire, ils sont toujours là. Le Furet a raté son coup !

— En effet, dit le commissaire Maigrelet en bourrant sa pipe, c'était là une des vantardises dont il est coutumier.

— Pourtant, il réalise généralement ce qu'il entreprend.

— Oui, parfois. Mais, cette nuit, notre vigilance a fait échouer ses projets. Voyons...

Quelle heure est-il ? Huit heures ? Hé, hé ! Je prendrais bien une goutte de café...

Le conservateur va pour commander du café, quand un brouhaha de voix se fait entendre, en provenance de l'entrée. Quelqu'un crie :

— Laissez-moi passer ! Mais sapristipopette ! Laissez-moi donc entrer !

Le conservateur sort de la salle des peintures et s'approche du hall d'entrée. Il dit aux agents :

— Laissez passer, messieurs ! C'est l'expert, M. Floquet.

L'expert Floquet entre dans le vestibule, marchant à pas vifs, nerveusement. Il agite les bras et secoue la tête en signe d'indignation, comme pour s'éventer avec sa barbe blanche. Ses lunettes tressautent sur son nez et son chapeau noir menace de s'envoler.

— On me refuse le passage ! glapit-il. À moi, Floquet, qui ai mes libres entrées dans tous les musées du monde !

— Calmez-vous, mon cher Floquet, dit le conservateur.

— Je suis calme ! Je suis calme ! Je suis terriblement calme !... Voyons les tableaux...

— Vous voulez parler des Popovitch ?

— Évidemment ! Je ne veux pas parler de la Joconde ! Je viens vérifier s'ils sont toujours là... Mais ça m'étonnerait ! Du moment que cet abominable Furet a dit qu'il allait les voler, c'est qu'ils n'y sont plus !

Le conservateur sourit.

— Mon cher Floquet, ils sont toujours là. Notre voleur national n'a pas réussi à les enlever.

Le coléreux expert grogne quelque chose dans sa barbe et se dirige à grands pas vers la salle des peintures. Le commissaire se penche à l'oreille du conservateur et chuchote :

— Il n'a pas l'air très commode...

— Il a un caractère épouvantable, mais c'est un des plus grands experts qui soient. Jamais il ne fait d'erreur.

L'expert se plante devant le panneau, poings sur les hanches, et lève le nez. Le conservateur s'écrie, triomphant :

— Vous voyez, les trois précieux Popovitch sont toujours là !

M. Floquet tire de sa poche une loupe qu'il approche de *L'astronaute empaillé,* touche la toile du bout des doigts, la gratte un peu, en renifle la surface comme un chat flairant une boîte de sardines. Il agit de la même manière avec les deux autres tableaux, puis rempoche sa loupe avec un petit ricanement.

— Hi, hi ! C'est bien ce que je pensais...

— Pardon ?

— Oui, c'est bien ce que je pensais. Ils sont faux. Archi-faux.

— Comment ? Vous en êtes sûr ?

L'expert hausse les épaules, pour exprimer qu'il est vraiment inutile de mettre en doute ses affirmations. Le conservateur, blême, ouvre la bouche comme une carpe en train de bâiller. Le commissaire, les yeux ronds, se gratte le crâne avec le tuyau de sa pipe. M. Floquet pointe son index vers le panneau et dit lentement, sentencieusement, comme un professeur qui essaie de faire entrer une leçon dans la tête d'un cancre :

— Ces toiles ont été peintes avec de vulgaires pinceaux de bazar, alors que le grand artiste qu'est Popovitch n'emploie que des brosses en soie de porcelet, à vingt-huit poils, qu'il fait venir spécialement du Japon. D'autre part, ces tableaux sentent la peinture, c'est-à-dire l'huile de lin. Or, le maître n'emploie que de l'huile de soja parfumée au menthol. Ma conclusion est donc que ces trois tableaux ne sont que de vulgaires copies, assez grossières d'ailleurs, dont la valeur totale ne doit guère dépasser trois euros cinquante.

Il ôte son chapeau d'un coup sec et sort à grands pas.

Le conservateur est atterré.

— C'est incroyable ! Le Furet a réussi le vol qu'il avait annoncé ! Mais comment diable s'y est-il pris ? Avec toute la surveillance que nous avions organisée ! Une souris n'aurait pu passer !

Le commissaire Maigrelet se caresse le menton, très ennuyé. Il soupire :

— Je n'y comprends rien moi-même... Nous n'avons pas quitté cette pièce un seul instant. Les fenêtres sont restées fermées...

Il vérifie pour la dixième fois qu'elles n'ont pas été ouvertes.

— Et personne n'a franchi la porte... Il n'est tout de même pas passé à travers les murs !

— Hé !... Qui sait, monsieur le commissaire... Cet homme est véritablement diabolique !

— Ah ! c'est incompréhensible ! Voyons... Essayons de réfléchir. De mettre un peu d'ordre dans nos idées... Il a fallu qu'il retire les trois tableaux véritables, qu'il les sorte du musée. Puis il a dû y pénétrer de nouveau avec les faux. Tout ce trafic n'a pu se faire sous nos yeux, quand même !

— À moins que le Furet n'ait trouvé le moyen de se rendre invisible...

— Ah ! non, l'homme invisible, c'est du cinéma ! Et nous ne sommes pas au cinéma.

Le commissaire Maigrelet interroge encore une fois les agents qui sont restés à l'entrée du musée pendant toute la nuit et ceux qui ont patrouillé autour. Ils n'ont rien vu. Personne ne s'en est approché, personne n'en est sorti. Le conservateur demande à voix basse au commissaire :

— Êtes-vous sûr de vos hommes ?

— J'en réponds comme de moi-même ! Le Furet n'a pu bénéficier d'aucune complicité à l'intérieur du musée.

— Alors ?

— Alors, c'est de la magie ! Je suis obligé de faire la même constatation que vous. Hier, il y avait ici trois Popovitch, aujourd'hui il y a trois croûtes. Comment la transformation s'est-elle opérée ? Je n'en sais absolument rien !

Il enfonce son chapeau d'un coup de poing, écarte les journalistes qui attendent à l'entrée en grommelant :

— Adressez-vous au conservateur !

Et il regagne le commissariat. Une heure plus tard, les premiers communiqués sont diffusés par la radio et les journaux s'apprêtent à sortir des éditions spéciales :

UN CAMBRIOLAGE MIRACLE !

LE FURET A VOLÉ LES TROIS TABLEAUX DE POPOVITCH et les a remplacés par trois copies sans valeur. On ignore la manière employée par l'ingénieux cambrioleur pour opérer la substitution. Le commissaire Maigrelet aurait déjà son idée sur la question, mais il a refusé de la révéler.

Deux heures plus tard, les journaux de midi publient une annonce sur une page entière. Popovitch offre une prime d'un million d'euros à qui lui fera retrouver les trois tableaux. Et le soir même, on peut voir une annonce semblable dans *France-Flash* qui est ainsi rédigée :

J'offre un million d'euros à qui me rapportera la barbichette de Popovitch, pour la faire figurer dans ma collection de curiosités.

Signé : LE FURET

Interviewé par des reporters, le maître s'emporte, traite le cambrioleur de microbe invétéré, de cafard verdâtre et de crapaud bégayeur. En outre, il le maudit jusqu'à la septième génération et fait le serment de lui tremper le nez dans un pot d'huile de soja lorsqu'il le tiendra.

Il écume :

— Non content de voler mes chefs-d'œuvre incomparables, il a le front de me narguer ! Mais ça ne se passera pas comme ça ! Le commissaire Maigrelet est en train d'enquêter et il finira par mettre la main au collet de ce lézard mal peigné !

Mais la journée se passe sans que le commissaire ait soulevé le moindre coin du voile qui cache la vérité. Il tourne en rond dans son bureau en tirant sur sa pipe dont la fumée obscurcit l'air autant que son cerveau, refuse de recevoir les journalistes, houspille ses collaborateurs et maintient son téléphone décroché pour n'être pas harcelé par ses supérieurs.

Le lendemain matin, il retourne au musée d'Art du futur, inspecte une fois de plus les fenêtres, les murs, les planchers et le plafond, tandis qu'une foule compacte s'amasse devant l'entrée, provisoirement interdite au public. Vers onze heures, il renonce à fouiller plus longuement et autorise le conservateur à rouvrir les portes.

Alors, c'est la ruée. On se précipite dans la salle des peintures, on se bouscule pour apercevoir les trois tableaux qui paraissent d'autant plus précieux qu'ils sont devenus faux ! Avant, ils n'étaient que connus ; maintenant, ils deviennent célèbres...

Popovitch a déjà cessé d'accorder sa confiance au commissaire Maigrelet, et il envoie des communiqués aux journaux pour protester contre l'inefficacité de cette police qui n'a pas encore été capable de lui retrouver ses toiles. Le maître vient exprimer son indignation sur les écrans de télévision, en termes grandiloquents, roulant les yeux et tirant sur sa barbiche. En réalité, il est ravi de la publicité faite autour de son nom et se réjouit de voir que le Furet a eu le bon goût de choisir ses œuvres pour les voler.

Pendant ce temps, que deviennent Françoise, Boulotte et Ficelle ? Apparemment peu préoccupées par l'affaire des tableaux, on les voit se promener dans les environs de Framboisy, courir après les papillons, chercher des fraises des bois ou essayer d'imiter le sifflement des merles.

En revenant d'une promenade, dans l'après-midi du 18, les trois filles passent devant la villa des Pétunias. Le long du trottoir stationne une voiture de grand tourisme, basse, profilée, de couleur rouge. Françoise désigne une fenêtre ouverte de la villa.

— Regarde, Ficelle ! On dirait que tes tantes ont trouvé un locataire. Ce doit être le propriétaire de cette voiture.

Ficelle regarde l'intérieur du véhicule et s'exclame :

— Oh ! il y a même un téléphone sur le tableau de bord ! Ça a l'air drôlement confortable ! On doit être assis là-dedans comme des princesses orientales sur des coussins de soie...

— Tu veux dire, comme sur des mottes de beurre tiède, rectifie Boulotte.

Alors que les trois amies s'apprêtent à poursuivre leur chemin, la porte de la villa s'ouvre et un homme assez corpulent, blond, portant des lunettes à grosse monture, apparaît en haut du perron. Il traverse lentement le jardinet, ouvre la grille et s'installe pesamment dans la voiture. Il respire très fort, en faisant siffler l'air, comme un asthmatique. Il met le moteur en route et démarre dans un ronflement sonore. En quelques courtes secondes, le bolide rouge atteint le bout de la rue et disparaît au tournant.

Françoise pose son index sur la pointe de son menton, puis enroule une de ses boucles brunes autour de son doigt. Elle réfléchit un moment, puis se tourne vers ses amies et demande :

— Vous n'avez pas déjà vu cet homme ? J'ai l'impression de le connaître.

— Moi, dit Ficelle, je ne l'ai jamais rencontré.

— Moi non plus ! fait Boulotte en ouvrant une bouche énorme pour y enfourner un éclair au café qu'elle vient d'acheter à la pâtisserie Finefleur, la meilleure de Framboisy.

Françoise secoue la tête en faisant « tss-tss-tss » entre les lèvres. Ficelle déclare :

— En tout cas, je peux te dire une chose : c'est que ce bonhomme va faire un drôle de nez quand le fantôme viendra secouer ses chaînes sous la fenêtre ! Nous aurions peut-être dû le prévenir ? Ce n'est pas ton avis, Françoise ?

— Non, le fantôme le laissera tranquille.

— Tu crois ? Pourquoi ?

— Je ne peux pas te le dire. C'est une impression. Je pense que le fantôme ne reviendra plus, maintenant que les demoiselles Faïence ont abandonné la villa.

Elles continuent leur promenade jusqu'à la Grand-Place. Il y règne depuis deux jours une animation inhabituelle. Le musée d'Art du futur n'a jamais attiré autant de monde, sous la forme de touristes débarquant des convois d'autocars détournés de leurs circuits habituels. Les châteaux historiques ou les vieilles abbayes sont délaissés au profit des trois faux Popovitch. En voyant cette foule s'engouffrer dans le musée, Françoise commente :

— Il est curieux de constater que les gens vont beaucoup plus regarder la peinture de Popovitch depuis qu'elle est fausse ! Le même phénomène s'était produit quand on avait volé *L'Indifférent*[1].

Ficelle se tourne vers Françoise et dit :

— Je pense à une chose... Toi qui as des qualités de détective, pourquoi n'essaierais-tu pas de trouver comment le Furet s'y est pris pour voler les trois tableaux ?

Françoise se met à rire.

---

1. Tableau de Watteau qui fut volé au Louvre. Après sa disparition, le public se précipita pour voir l'emplacement où il avait été accroché (Note de l'auteur).

— Ha, ha ! Je prends bonne note de ta suggestion. Je la mets dans ma poche avec mon mouchoir dessus !

— Pourquoi ? C'est idiot, ce que je viens de dire ?

— Pas du tout, ma grande. Seulement, je ne t'ai pas attendue pour faire ce que tu me proposes.

— Ah ? Tu as essayé de deviner comment il a fait ?

— Je n'ai pas essayé. J'ai deviné. *Je sais comment les trois tableaux ont été volés...*

chapitre 9
Entrevue avec le maître

La grande Ficelle ouvre des yeux ronds. Sa bouche prend la même forme circulaire. Elle demande :

— Comment a-t-il fait ? Dis-le-moi vite !

— Plus tard.

— Oh ! si, dis-le !

— Non. Il faut d'abord que j'effectue certaines vérifications. Et puis cette affaire ne fait que commencer.

— Vraiment ? Moi, j'ai l'impression que c'est terminé. Le Furet a volé les tableaux, et voilà tout !

Françoise secoue la tête.

— Non, ma grande, tout n'est pas fini. Il va encore se passer d'autres choses. Je ne sais pas exactement quoi et c'est justement pour cela qu'il faut attendre.

Ficelle fait la moue et grommelle :

— Alors, tu ne veux pas me dire comment le vol s'est passé ?

— Pas pour l'instant. Mais je te promets que tu seras la première à le savoir.

— Avant le commissaire Maigrelet ?

— Avant lui.

— Avant les journaux et la télé ?

— Oui.

— Ah ! chic alors !

Elle réalise quelques gambades pour exprimer sa joie, puis demande :

— Et maintenant, qu'allons-nous faire ?

Boulotte propose :

— On pourrait prendre l'autobus et passer au supermarché ? En ce moment, il y a des réductions formidables sur les gaufrettes. Si on en achète trois paquets, on a droit à une boîte gratuite de biscuits champagne !

— Allez-y si vous voulez, répond Françoise, moi j'ai d'autres projets.

— Alors, tu ne veux pas de gaufrettes ?

— Rapporte-m'en un paquet.

— D'accord ! Quel parfum ? vanille ? fraise ? framboise ?

— Artichaut.

— Ah ? Je ne sais pas si je vais en trouver. Tu crois que ça existe, des gaufrettes aux artichauts ?

Laissant Boulotte perplexe, Françoise fait un petit adieu de la main et tourne le coin de la rue.

Sur son vélomoteur, Françoise fonce vers la capitale où elle arrive vers la fin de l'après-midi. Elle se dirige aussitôt vers l'avenue de l'Hippodrome, où réside Popovitch.

Il possède un hôtel particulier d'apparence cossue, devant lequel stationne un car de reportage bleu et blanc. Des techniciens font le va-et-vient entre le car et l'hôtel, déroulant des câbles électriques ; Françoise en profite pour se glisser discrètement par la porte ouverte, dans l'intérieur de l'hôtel. Le vestibule et un grand salon sont envahis par une foule de journalistes qui assistent à une conférence faite par le maître. Il s'est mis debout sur un piano à queue, pour dominer l'assemblée. Une chaîne hi-fi diffuse de la musique ambiante. Un parfum de lavande flotte dans l'air.

Le maître parle. Il décrit par quel mystérieux mécanisme l'inspiration lui vient du cosmos pour faire naître dans son cerveau génial les images que sa main transpose sur la toile. Certains journalistes prennent fébrilement des notes, d'autres lui mettent des micros sous le nez. Puis il parle du musée d'Art du futur, de son *Martien mangeant une choucroute* (« les Martiens, messieurs, ne se nourrissent que de choucroute à la bière brune »), de la *Galaxie circulaire* (« que j'ai dessinée carrée, messieurs »), et de *L'astronaute empaillé* (« avec de la paille synthétique extraite d'une poutre »). Il s'emporte une fois de plus contre le Furet (« ce pou galeux ! »). Sa barbichette tremble d'indignation.

Après trois quarts d'heure de monologue, il répond aux questions fines et originales des journalistes (« Combien avez-vous fait de tableaux ? » « Combien de temps passez-vous pour faire un tableau ? » « Combien vendez-vous vos tableaux ? »). Puis il boit un grand verre de vodka à la menthe. Françoise profite de ce répit pour se faufiler jusqu'au piano contre lequel le grand artiste s'appuie maintenant. Il la reconnaît aussitôt.

— N'est-ce pas vous, mademoiselle, qui m'avez accueilli, lors de ma dernière visite au musée de Framboisy ?

— Oui, maître, c'est bien moi. Me permettez-vous de vous poser une toute petite question ?

— Posez, mademoiselle, posez.

— Voilà. J'aimerais savoir comment vous avez eu l'idée d'offrir une sculpture au musée ?

— Vous voulez parler de mon admirable *Conscience universelle* ? C'est là une idée qui m'est venue naturellement, comme toutes mes géniales idées. J'avais déjà des toiles exposées... Il était donc normal que j'y eusse aussi une sculpture.

— Oui, mais êtes-vous bien certain d'avoir pris cette décision sans que personne vous en ait parlé auparavant ? On ne vous a pas suggéré d'offrir cette statue ?

— Non, l'idée est de moi... Quoique... Voyons... Fouillons dans notre mémoire infaillible... Une suggestion, dites-vous ?... Attendez... Il me semble que...

Il lisse sa barbiche en fronçant les sourcils, l'air inspiré.

— Oui, maintenant que vous m'en parlez, il me revient que, lors d'une conversation, quelqu'un m'a dit : « Cher maître, vous qui avez un immense talent, pourquoi ne nous faites-vous pas la grâce d'exposer une de vos merveilleuses sculptures ? » Et comme cette proposition m'a paru tout à fait raisonnable, j'ai accepté.

— Vous rappelez-vous *qui* a prononcé cette phrase ?

— Bien sûr, oui. C'était lors d'une réception chez le comte de la Pastille. Et c'est le comte lui-même qui m'a suggéré d'offrir cette *Conscience* au musée d'Art du futur. Le comte est un grand ami à moi. Tenez, voici sa photo accrochée au mur, sous cette tête de tigre. Une fort belle bête que le comte a abattue lors d'une chasse au Pakistan et dont il m'a fait parvenir la dépouille.

Françoise examine la photographie. Elle représente le comte de la Pastille, casqué, en tenue de mécanicien, devant une voiture de sport dont l'avant porte un panonceau : « Rallye de Monte-Cristo ». Popovitch fait un signe de tête.

— Oui, mademoiselle, le comte a gagné le rallye l'année dernière et m'a envoyé cette photographie en souvenir. J'ai dans mes relations les plus grands noms du sport, du spectacle et de la diplomatie, vous savez.

Françoise remercie l'artiste pour ces précisions, lui souhaite de retrouver rapidement les trois tableaux que le Furet lui a volés, et prend congé. Elle remonte sur son vélomoteur en songeant :

« Il me semblait bien que le visage du nouvel occupant de la villa ne m'était pas inconnu. Je l'avais déjà vu dans des magazines ou à la télé. C'est le comte de la Pastille. J'aimerais savoir ce qu'il est venu faire à Framboisy... »

chapitre 10
L'explication

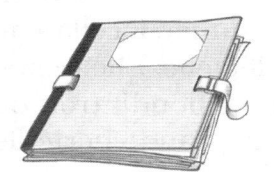

— Attends, Boulotte, je vais préparer mon mélange magique... Tu vas voir... Des bulles fantastiques...

La grande Ficelle verse une cuiller à café de shampooing dans un verre d'eau, remue, puis plonge dans le verre un tube de carton de trois centimètres de diamètre. Elle porte ce cigare à sa bouche, penche la tête en avant et se met à souffler très lentement. Bientôt, une superbe bulle se forme, sous l'œil émerveillé de Boulotte qui regarde l'expérience en grignotant une barre de nougat. La grande Ficelle prend une profonde inspiration, souffle de nouveau jusqu'à ce que la bulle atteigne la dimension d'un petit melon, en changeant de couleurs à mesure qu'elle se dilate. Les irisations sont roses, mauves, vertes. D'un mouvement rapide, mais régulier, Ficelle soulève le tube, et la bulle se détache. Elle tombe lentement sur la moquette, rebondit trois ou quatre fois sans éclater, à la grande fierté de Ficelle qui explique :

— Tu vois, c'est ma toute nouvelle invention : la bulle incassable. Elle rebondit sur la moquette sans se briser.

— Et si c'était sur du parquet ou du carrelage ?

— Elle éclaterait. Maintenant, je vais essayer de faire des bulles cubiques...

Mais cet intéressant projet est annulé par l'arrivée de Françoise. Elle paraît soucieuse. Ficelle lui demande :

— Qu'est-ce qui t'arrive ? Tu ressembles à une poule qui aurait trouvé un œuf dur.

— Je suis inquiète, Ficelle. Je crains que les événements ne se précipitent. Au lieu d'attendre que le Furet agisse, je vais prendre les devants. Il vaut mieux prévenir les coups que les parer. Je vais révéler au conservateur du musée d'Art du futur comment ses tableaux ont été volés.

— Ah ! Tu as promis de me le dire avant !

— Tu y tiens vraiment ?

— Je pense bien.

— Bon, c'est entendu. Ouvre tes oreilles en grand.

Mais ce conseil est inutile : la grande Ficelle ouvre non seulement les oreilles en grand, mais aussi les yeux et la bouche. Boulotte arrête de manger, signe d'une profonde attention. Françoise marque une pause, comme pour préparer sa phrase. Puis elle explique :

— Quand un fait étrange se produit, il faut se demander si l'on n'a pas affaire tout simplement à un phénomène naturel. Or, le cambriolage réussi par le Furet a tout l'aspect d'une opération fantastique, d'une sorte de miracle. On n'est pas loin de tenir cet homme pour un sorcier, parce qu'il a réalisé une chose apparemment impossible : faire sortir trois vrais tableaux d'un local surveillé par des dizaines de policiers et les remplacer par trois faux.

— C'est donc bien de la magie !

— Non, Ficelle, ce n'est pas de la magie, mais tout simplement de la prestidigitation. J'ai constaté par moi-même qu'il n'existait aucun moyen de s'approcher du musée et encore moins d'y pénétrer. La conclusion saute aux yeux. Puisque, premièrement, les vrais tableaux ne pouvaient pas sortir, c'est *qu'ils ne sont pas sortis*. Deuxièmement, puisque les faux ne pouvaient pas entrer, c'est *qu'ils ne sont pas entrés*.

Ficelle plisse son front, essayant de comprendre. Elle s'écrie :

— Mais les trois tableaux qui sont exposés en ce moment, ce sont bien des faux !

— *Non*. Non, justement ! *Il est impossible qu'ils soient autre chose que les vrais.* Ils n'ont pas bougé de place. En fait, il ne s'est rien passé !

— Alors, je ne comprends plus ! Tout le monde dit que ce sont les faux ! Popovitch, l'expert, la presse, le commissaire Maigrelet...

— Ils se trompent. Ils se trompent tous ! Il ne faut pas perdre de vue ce phénomène étrange, incompréhensible à première vue : le Furet a annoncé publiquement qu'il allait voler les tableaux. D'habitude, n'est-ce pas, les voleurs se gardent bien d'annoncer leurs cambriolages ! Si donc le Furet a pris la peine de le faire, c'est qu'il avait ses raisons.

— Lesquelles ?

— Il voulait persuader le conservateur, le commissaire, l'opinion publique, qu'il allait s'emparer des tableaux. Du moment qu'il criait sur les toits « Je vais voler les trois

Popovitch ! », c'est qu'il avait l'intention de le faire. On pourrait appeler cela de la suggestion collective. Et tout le monde a marché ! Maintenant, il ne me reste plus qu'à aller dire au conservateur que ses précieuses toiles n'ont pas quitté le musée. À tout à l'heure !

Et Françoise laisse Ficelle ébahie, muette d'admiration devant l'ingénieuse explication de son amie.

Dans le musée, le conservateur s'entretient avec le commissaire Maigrelet. Ce soir-là, les deux hommes sont de fort méchante humeur. Ils ont étalé sur le bureau les quotidiens du jour, où les critiques à l'égard de la police sont vives. On lui reproche son inertie, la lenteur de l'enquête, le peu d'indices recueillis. Le Furet est toujours en liberté et nargue le commissaire tout autant que Popovitch. La situation devient intenable.

Le commissaire Maigrelet tourne en rond en tirant sur sa pipe. Il grommelle des paroles indistinctes entre ses dents. Accoudé sur son bureau, le conservateur paraît accablé. Il demande :

— Que faire, monsieur le commissaire ? Ne pourrions-nous appeler... Je ne sais pas moi, Scotland Yard ?

Maigrelet hausse les épaules.

— Si nous étions en Angleterre, ce serait déjà fait. Et puis là-bas ils ont Sherlock Holmes. Mais ici, nous n'avons personne de ce genre...

Il s'arrête soudain, se frappe le front.

— Mais si ! Il y a quelqu'un qui vaut largement le meilleur des détectives ! Une personne capable de résoudre les énigmes les plus compliquées et de débrouiller les situations les plus difficiles !

— Qui donc ? demande le conservateur avec espoir.

— Fantômette ! Elle seule pourrait nous dire comment les tableaux ont été volés et comment nous pourrions les retrouver.

— Oui, mais nous ne savons pas où elle est en ce moment.

— Dans cette pièce, fait une voix.

Les deux hommes lèvent la tête. Une sorte de lutin jaune, masqué de noir, se tient sur le seuil de la pièce.

— Fantômette ! s'exclame Maigrelet.

— Elle-même, pour vous servir. Je crois, messieurs, que vous êtes dans l'embarras à cause de certains tableaux ?

— C'est fantastique ! Nous étions justement en train de parler de vous ! Et nous

nous demandions comment faire pour vous trouver.

— Eh bien, c'est très simple, vous voyez. Il suffit que l'on ait besoin de moi pour que j'accoure. Mais parlons plutôt de votre affaire. Vous désirez savoir comment le Furet a substitué les faux tableaux aux vrais ?

— C'est ce que nous cherchons depuis trois jours !

— Je vous apporte la solution. Les trois toiles n'ont pu sortir du musée à cause de l'étroite surveillance qui y était exercée. Comme les faux tableaux n'ont pu prendre le chemin inverse pour la même raison, il en résulte que les vrais n'ont pas bougé de place.

— Comment ! dit le conservateur, vous prétendez qu'il n'y a pas eu substitution ?

— Je l'affirme.

— Mais c'est illogique ! M. Floquet, l'expert, a constaté que les peintures sont fausses.

— En est-il absolument certain ?

— Absolument !

— Il a pu commettre une erreur ?

— Non, mademoiselle ! Il ne se trompe jamais. Je vous assure qu'il connaît parfaitement son métier. C'est peut-être le plus grand expert du monde.

— Alors, il y aurait une autre solution. Une solution extraordinaire. Mais avec le Furet, il faut s'attendre à tout. Il est possible que l'homme qui a fait l'expertise...

Elle hésite. Le conservateur la presse d'exprimer sa pensée. Fantômette sourit.

— Je pense tout simplement que *ce n'était pas M. Floquet.*

— Qui donc, alors ?

— Le Furet, bien sûr. Le Furet, déguisé, grimé à la ressemblance de M. Floquet.

— Comment ? Il aurait joué le rôle de l'expert ?

— Oui. Ce bandit a des qualités de comédien tout à fait remarquables.

Le conservateur hoche la tête, sceptique.

— J'avoue que votre explication est ingénieuse, mais je connais bien M. Floquet, et je suis persuadé que c'est bien lui qui a examiné les trois tableaux. Du reste, voulez-vous que nous l'appelions, pour confirmation ?

— Je crois que ce serait plus sûr.

— Soit. Il n'habite pas loin d'ici. Je vais lui demander de venir.

Le conservateur compose un numéro de téléphone, attend.

— Allô ! Ici le musée d'Art du futur. Pourrais-je parler à M. Floquet ?... Vous dites qu'il n'est pas chez lui ? Où pourrais-je le joindre ? Comment ?... Ah ! par exemple !

Il raccroche, très pâle.

— M. Floquet a disparu depuis trois jours !

Un moment de silence. Le commissaire grogne :

— Ceci semblerait confirmer votre idée, mademoiselle. Toutefois...

— Toutefois ?

— Nous sommes certains que les tableaux sont quand même faux.

— Moi, je persiste à penser que ces tableaux sont les vrais et qu'ils n'ont pas bougé d'ici. Tenez, nous allons les examiner de près. Vous, monsieur le conservateur, qui avez eu l'occasion de les voir souvent, vous devez pouvoir les authentifier aussi bien que M. Floquet ?

— C'est impossible.

— Pourquoi ?

— Parce qu'ils ne sont plus ici.

— Comment ?

— Oui, Popovitch est venu les chercher, il y a une heure.

— Quoi ? Que dites-vous ? Popovitch est venu ?

— Oui. Il en avait assez de voir le public regarder les copies...

Très agitée, Fantômette s'écrie :

— Mais il y a une heure, j'étais en compagnie de Popovitch, dans son hôtel. Il donnait une conférence de presse devant des dizaines de journalistes ! *Ce n'est pas lui qui est venu chercher les tableaux !*

— Qui est-ce donc ?

— Vous ne le devinez donc pas ? Le Furet, pardi ! Il s'est déguisé en Popovitch, tout comme il s'était déguisé en Floquet. Il a mis les trois tableaux sous son bras – les vrais – et il s'en est allé tranquillement ! Ah ! mille pompons ! Je suis venue une heure trop tard ! Ce bandit est diabolique. C'est le mot, diabolique !

C'est elle maintenant qui tourne en rond dans le bureau, les mains derrière le dos.

— Ah je me doutais qu'il y arriverait, le gredin ! Il a toutes les audaces ! Et un talent de comédien stupéfiant, je vous le disais. Dans le fond, je l'admire, ce bonhomme. Il n'y a personne qui soit capable de lui tenir tête.

— Si, dit le conservateur, vous.

— Moi ? Oh ! pour l'instant, j'avoue que je suis assez désorientée. J'ai besoin de me reprendre, de réfléchir. Avec un adversaire de cette envergure, il ne faut pas agir au hasard. Quand j'aurai mis au point un plan d'attaque, je vous préviendrai.

— Mais... Quand ? Plus les heures passent et plus le Furet a le temps de se mettre à l'abri.

Fantômette fait signe que non.

— Ne vous inquiétez pas. Dès que le moment sera venu, je vous livrerai le Furet, pieds et poings liés.

— Et les tableaux ?

— Vous les aurez par-dessus le marché.

Elle pirouette sur ses talons et sort du bureau. Les deux hommes se regardent. Le conservateur demande avec hésitation :

— Pouvons-nous lui faire confiance ? Elle me paraît bien jeune !

— Elle a déjà beaucoup d'expérience et a réussi plusieurs fois à provoquer l'arrestation du Furet. Je crois que nous pouvons compter sur elle. Et puis, que pourrions-nous faire d'autre ? Nous n'avons pas le choix.

Il allume une nouvelle pipe, tire dessus avec un plaisir certain et déclare :

— Je vais annoncer aux journalistes que j'ai pris Fantômette comme collaboratrice. Cela fera patienter l'opinion publique.

Allons, je crois que la journée n'aura pas été trop mauvaise tout de même...

Le conservateur soupire :

— C'est exactement ce que le Furet doit être en train de penser !

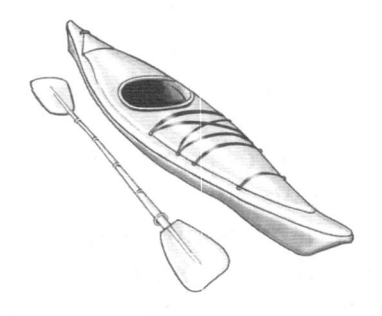

chapitre 11

Un nouvel exploit du Furet

Fantômette est allongée dans l'herbe, à plat ventre. Elle maintient devant ses yeux une paire de ces énormes jumelles dont on se sert dans la marine. Elle a installé son poste de guet dans le jardin d'une propriété voisine de la villa des Pétunias. Cette propriété étant celle d'un représentant de commerce absent la plupart du temps, Fantômette n'a eu aucune difficulté à entrer chez lui.

À sa droite, elle a un carré de choux ; à sa gauche, des fraisiers ; devant, un massif de tulipes multicolores qui la dissimule. Depuis cet endroit, elle peut voir le jardin de la villa et la façade arrière. À l'étage, la véranda apparaît dans son champ visuel, débarrassée de sa collection de cactus. Or, si la pièce ne contient plus de végétation, elle n'est pourtant pas vide. Quelqu'un s'y est installé.

Il s'agit d'un homme, qui vit probablement au premier étage ; il doit coucher dans la chambre précédemment occupée par les demoiselles Faïence. Dans la journée, il se tient à l'intérieur de la serre, debout, tournant le dos au jardin. Devant lui se trouve un chevalet de bois sur lequel est posée une toile. Il paraît brun, grand et mince.

— Le pavillon est donc occupé maintenant par deux hommes : le gros blond, propriétaire de la voiture rouge, et ce brun qui m'a tout l'air d'être un peintre. Il utilise la véranda comme atelier, ce qui est assez logique. C'est une pièce bien éclairée, qui donne sur un jardin désert. Il travaille dans des conditions idéales, avec la lumière et le silence. J'aimerais bien savoir ce qu'il est en train de peindre...

Le tableau étant à peine ébauché, il n'est pas possible de définir ce qu'il représente.

— Je vais être obligée d'attendre. Dans un ou deux jours, il aura suffisamment avancé pour que je puisse deviner le sujet qu'il peint. Ce n'est encore qu'un gribouillis informe.

Elle tourne la molette des jumelles pour les raccourcir, les remet dans leur étui de cuir et sort de la propriété. Elle saute à cheval sur son vélomoteur et s'élance à travers la ville.

— Ah ! te voilà, Françoise ! Tu viens de rater *La Chevauchée mirifique* ! Un film ébouriffant ! Il y avait une pauvre orpheline du Far West enlevée par des méchants bandits masqués ! Ils voulaient faire sauter le train de Santa Fe et dévaliser la banque ! Et puis il y avait un gros tas d'Indiens !

— Un gros tas d'Indiens ! dit Françoise en riant, j'ai autre chose à faire que d'admirer des gros tas d'Indiens.

— Quoi, par exemple ?

— Tu ne t'intéresses plus à la villa des Pétunias ? Moi, si.

Boulotte, qui est en train de tremper dans du thé un biscuit champagne (obtenu grâce à l'achat de trois paquets de gaufrettes à la vanille), se mêle à la conversation :

— Je ne vois pas pourquoi tu t'occupes encore de la villa, puisque le fantôme ne doit plus venir. C'est bien ce que tu as dit ?

— Oui, il ne viendra plus. Les nouveaux occupants ont obtenu ce qu'ils voulaient.

Ficelle lève un sourcil.

— Il y a plusieurs occupants ? Je n'ai vu qu'un gros bonhomme blond à lunettes.

— Ce bonhomme est le comte de la Pastille. Mais il y a également dans la villa un peintre qui s'est installé dans la véranda.

— Et ils n'ont pas peur que le fantôme revienne ?

Françoise passe un peigne dans ses boucles brunes en se regardant dans un petit miroir. Elle a comme un geste d'impatience.

— Ah ! tu n'as pas encore compris ? Ce sont eux qui jouaient le rôle du fantôme pour faire peur à tes tantes. Ou plus exactement, c'est le peintre qui se mettait un drap sur la tête et qui remorquait un bout de chaîne.

— Oh ! et comment le sais-tu, Françoise ?

— Parce qu'il porte un pansement à la main gauche. Il a certainement été blessé par la chute du seau. Il ne l'a pas reçu sur la tête, mais sur le poignet. Comme il peint de la main droite, cela ne le gêne guère.

— Alors, c'est ce barbouilleur qui nous faisait si peur ?

— Oui, c'est lui. La villa lui plaisait, il voulait y installer son atelier, et il a réussi.

Ficelle ne semble pas convaincue. Elle hoche la tête et murmure :

— Je crois qu'il s'agissait d'un vrai fantôme. Un véritable, comme ceux dont on parle dans les contes. Un qui passe à travers les murailles. D'ailleurs, il n'avait pas de visage.

— Évidemment, grande nouille. Il avait mis un voile noir dessus. Dans l'obscurité, sa figure disparaissait.

— Ah ! Tu crois ?

— L'explication me paraît assez simple !

Françoise bâille, s'étire et dit :

— Assez pour aujourd'hui ! J'en ai par-dessus la tête, des fantômes et de la peinture ! Écoutons plutôt de la musique.

Les trois amies s'offrent donc un concert enregistré, jusqu'au moment où la télévision diffuse un merveilleux film du Far West où l'on peut voir de méchants bandits, de valeureux cow-boys et un gros tas d'Indiens...

Un mois entier passe, sans qu'aucun incident se produise à nouveau dans la bonne ville de Framboisy. Certes, des touristes viennent encore admirer les trois emplacements vides où les œuvres de Popovitch ont été exposées. Mais le directeur sait que cet intérêt ne sera que passager. Sans les trois fameux tableaux, le musée d'Art du futur perd les trois quarts de sa valeur. Que serait le Louvre sans la Joconde, la National Gallery sans Hogarth, le Prado sans Goya ? Si les trois toiles ne sont pas promptement retrouvées, le musée deviendra bientôt la proie des mites et des araignées !

Mais, un matin, se produit un fait qui remplit d'enthousiasme le directeur, le ressuscite, lui fait pousser des cris de joie. *France-Flash* vient de publier un entrefilet sensationnel signé – une fois de plus – par le Furet, qui semble avoir pris ce quotidien pour porte-parole. La note est ainsi rédigée :

> *Considérant que l'absence des trois tableaux de Popovitch porte un préjudice certain au musée de Framboisy, que j'ai suffisamment contemplé lesdits tableaux, qu'ils encombrent ma galerie au détriment des œuvres de Raphaël, de Rembrandt et de Titien que je possède, moi, le Furet, j'ai décidé de restituer audit musée les trois tableaux. J'opérerai cette restitution pendant la nuit du 23 au 24 juin.*

La nouvelle fait l'effet d'une bombe. Le conservateur pousse un « Oh » de surprise et le commissaire Maigrelet s'écrie :

— Mille millions de tonnerres ! Cet individu ose nous narguer une fois de plus ! Comment pourra-t-il remettre en place les trois tableaux ? Cette fois-ci, c'est du bluff !

Le conservateur du musée d'Art du futur se gratte le crâne frénétiquement, essayant de rassembler ses idées. Il dit au commissaire :

— Puisque le Furet veut rendre les tableaux, je ne vois pas pourquoi nous en ferions une affaire. Moi, je n'en demande pas plus ! Si les trois toiles regagnent leur emplacement, je m'estimerai pleinement satisfait.

— Mais l'honneur de la police ? Et mon prestige personnel ? Qu'en faites-vous donc ? Je n'admettrai pas que le Furet se paye ma tête ! Il décide, il exécute comme si je n'existais pas !

— Et Fantômette ?

— Fantômette ? Tout ce qu'on peut dire, c'est qu'elle n'est guère plus maligne que nous. J'espérais qu'elle ferait des étincelles, mais je constate que son intervention n'a pas servi à grand-chose. Sa renommée n'est guère justifiée.

— Alors, que pouvons-nous faire, monsieur le commissaire ?

— Attendre. Attendre que le Furet rapporte les tableaux. Oh ! évidemment, nous prendrons les précautions d'usage. Si nous pouvons le coincer, nous le ferons.

— Et s'il s'échappe ?

Maigrelet lève les bras au ciel :

— Cela ne fera qu'une fois de plus !

Le même soir, une réponse en forme de défi est publiée par *France-Flash* :

> *L'outrecuidance et la prétention du crabe rugueux nommé le Furet méritent une leçon. Notre personne sera présente dans la salle des peintures du musée d'Art du futur et nous assisterons le commissaire Maigrelet lorsqu'il passera les menottes au serpent gluant.*
>
> *Signé* : POPOVITCH.

Le duel le Furet-Popovitch est engagé. Fantômette jouera-t-elle le rôle d'un simple observateur ou prendra-t-elle part au combat ? Nul ne peut encore le prévoir. Le soir du lundi 23, les forces de police sont déployées dans le musée et aux alentours. Les projecteurs sont allumés, les patrouilles circulent, les agents font bonne garde. Le conservateur contemple tous ces préparatifs en hochant la tête d'un air à la fois sceptique et amusé.

— Cela ne servira encore à rien. Ce sera comme la première fois ! Il va tranquillement remettre les tableaux en place sans qu'on s'en aperçoive.

Le commissaire Maigrelet mâchonne le tuyau de sa pipe, serre les poings et grommelle :

— Moi je vous dis que, s'il réussit son coup cette fois-ci, je me fais ramasseur de mégots ! La salle des peintures est parfaitement vide. Je vais y passer la nuit et les issues seront gardées. Je vais doubler mes effectifs. Et je vous garantis qu'il n'entrera pas, le gredin !

— Je vais veiller avec vous, dit le conservateur, mais j'ai bien peur que tout ceci ne serve à rien. Vous connaissez le personnage... C'est Méphistophélès en personne !

— Méphis... Comment dites-vous ?

— Le diable, si vous préférez.

— Ah ! oui. Eh bien, s'il est le diable, j'ai bon espoir de lui mettre du sel sur sa queue fourchue et de l'enfermer dans une cage. Attendez un peu cette nuit, et vous verrez !...

Et la nuit vient. Les agents font les cent pas, l'étui à pistolet ouvert à demi. Ils sont prêts à faire feu sur la moindre ombre suspecte. Le commissaire roule nerveusement sa moustache. Le conservateur fronce les sourcils en portant autour de lui un regard soupçonneux.

À neuf heures du soir, une longue voiture couleur framboise s'arrête devant le champignon géant. Le maître Popovitch vient en personne inspecter les dispositions prises par la police. Le commissaire lui serre la main en s'écriant jovialement :

— J'espère que vous n'êtes pas le Furet déguisé en peintre ?

Le grand artiste sourit et désigne sa barbiche en proposant au commissaire de la tirer. Maigrelet, par conscience professionnelle, tire vigoureusement sur la barbiche, ce qui arrache des cris de douleur à Popovitch.

— Comme vous y allez, commissaire !

— Excusez-moi, maître, mais quand on se bat contre le Furet, on ne saurait prendre trop de précautions. Maintenant que j'ai tiré sur votre barbiche, je suis certain que vous êtes réellement le peintre Popovitch !

Le conservateur demande également à faire l'essai, ainsi que quelques agents. Au bout d'un quart d'heure, le malheureux artiste a la face congestionnée par les efforts qu'il fait pour ne pas hurler. Maigrelet met fin à son supplice en ordonnant à ses subordonnés de lâcher Popovitch, tout le monde étant maintenant bien certain de son identité. Il ne reste plus qu'à attendre la venue du Furet.

Le commissaire, le conservateur et le peintre s'assoient sur des chaises disposées au centre de la salle des peintures, devant le panneau central, vide. Il est 21 h 15. Pour tuer le temps, Popovitch fait une conférence sur la manière de peindre un tableau futuriste. Il explique comment on imagine l'œuvre, comment on choisit la toile, les brosses, les peintures. Comme le commissaire et le conservateur sont sur le point de s'endormir, il va chercher une bouteille thermos et trois tasses qu'il a apportées dans une mallette. Il déclare :

— Messieurs, nous devons veiller toute la nuit. Une bonne tasse de café très fort nous aidera à rester éveillés.

Le café est absorbé, mais ne paraît guère faire d'effet sur les trois hommes. Ou plus exactement, l'effet qu'il produit est contraire à ce qu'a annoncé le peintre... Un quart d'heure plus tard, au lieu d'être bien éveillés, le commissaire et le conservateur dorment comme des marmottes au sein de l'hiver !

Vers huit heures du matin, les rayons du soleil transpercent les baies vitrées du musée.

Le conservateur s'étire, se lève de sa chaise, fait trois ou quatre pas dans la salle des peintures. Son regard se porte vers le panneau. Il pousse un cri de surprise.

Les trois tableaux sont revenus !

chapitre 12
Françoise réfléchit

Boulotte ouvre la porte de la chambre et demande à Ficelle :

— Dis-moi, tu n'aurais pas vu mon livre de cuisine, par hasard ? Je le cherche partout. Il a disparu...

— Si, c'est moi qui l'ai.

— Ah ! donne-le vite...

— C'est que... je m'en sers.

— Oh ! tu te mets à faire de la cuisine, maintenant ?

Ficelle a l'air embarrassé.

— Non, pas tout à fait. Voilà... heu... J'ai vu hier à la télé un reportage sur une école de mannequins. Tu sais, les dames qui présentent des robes dans les maisons de haute couture ?

— Oui. Et alors ? Ça ne me dit pas pourquoi tu as besoin de mon livre de cuisine...

— Attends ! Pour s'entraîner à se tenir droites, elles mettent un livre sur leur tête. Et il ne faut pas qu'elles le fassent tomber.

— Alors, tu mets mon livre sur ta tête, maintenant ?

— Oui. Tiens, regarde...

Ficelle prend dans un tiroir le livre de cuisine, le pose sur le haut de son crâne et se met à avancer d'un pas majestueux. La porte s'ouvre alors, et Françoise apparaît.

— Qu'est-ce que tu fais, Ficelle ? Un numéro de cirque ?

— Non, je m'entraîne pour être mannequin dans une maison de très haute couture.

— Eh bien, en attendant, jette donc un coup d'œil sur ce journal. Toi qui aimes les mystères...

Ficelle restitue le livre à Boulotte et prend le numéro de *France-Flash*. La une est occupée par la grande nouvelle du jour :

UN EXPLOIT INCROYABLE !
LE FURET RAPPORTE
LES TABLEAUX VOLÉS

Cette nuit, un fait extraordinaire s'est produit dans le musée d'Art du futur de Framboisy. On sait que le fameux cambrioleur avait manifesté l'intention de rapporter les trois tableaux dont il s'était emparé dans des circonstances mystérieuses. Il vient de restituer ces toiles dans des conditions non moins étonnantes. Malgré une surveillance très stricte exercée par le commissaire Maigrelet, les trois œuvres de Popovitch ont été remises en place dans la salle des peintures. On s'interroge sur la manière employée par l'astucieux cambrioleur pour effectuer la restitution. Le commissaire Maigrelet poursuit son enquête.

Ficelle répète trois ou quatre fois « Oh ! alors ça, par exemple ! » et demande à Françoise ce qu'elle en pense. La brunette tortille une de ses boucles et dit :

— J'ai réussi à deviner ce qui s'était produit la première fois. Je dois de nouveau découvrir la vérité. Que s'est-il passé exactement ? Trois tableaux sont entrés dans la salle des peintures. Or, le musée était surveillé comme précédemment. Il était donc impossible d'y introduire ne fût-ce qu'un timbre-poste. La conclusion, une fois de plus, est immédiate.

Ficelle plisse son front, faisant de grands efforts pour trouver cette conclusion. Boulotte feuillette son livre avec l'espoir d'y découvrir la fameuse recette de l'omelette aux œufs durs. Voyant que Ficelle ne parvient pas à trouver la solution, Françoise explique :

— Puisqu'il était impossible de faire entrer les trois tableaux dans le musée, c'est qu'ils s'y trouvaient déjà !

Elle marque une pause et répète :

— Ils s'y trouvaient déjà. Mais où ? Là est le véritable problème. Et *qui* les a raccrochés sur le panneau ?

— C'est un problème que seule Fantômette pourrait résoudre ! s'écrie Ficelle.

Puis elle se met à quatre pattes pour contempler les évolutions d'une fourmi qui devait avoir flairé quelque bout de sucre égaré sous un meuble. Françoise s'assied dans un fauteuil profond, confortable, et agite son cerveau. Elle murmure :

— Je devine bien où étaient cachés les tableaux, mais je me demande comment le Furet a pu les sortir et les accrocher à leur place. Vraiment, son habileté me dépasse !

Elle demeure enfoncée dans le fauteuil, sombre, pensive, pendant une heure entière. Ficelle tente vainement de la tirer de sa méditation pour lui faire voir un documentaire sur la fabrication des clarinettes. À dix heures du soir, elle se lève, ouvre la fenêtre et contemple la nuit étoilée. Ficelle apparaît, en chemise de nuit.

— Comment ! Tu es encore là !

Françoise ne répond pas. Ses yeux regardent en direction de la Grande Ourse. Elle chantonne, perdue dans un monde de rêveries. Ficelle la secoue :

— Hé ! Il est l'heure d'aller dormir ! Tu ne rentres pas chez toi ? Il est dix heures passées !

— Comment ? Déjà ?

— Mais oui. Où as-tu donc la tête ? Pendant toute la soirée, tu étais perdue dans les nuages ! À quoi pensais-tu ?

— Je cherchais la manière dont le Furet s'y est pris pour remettre les trois tableaux en place.

— Et tu as trouvé ?

Françoise sourit.

— Oui, j'ai trouvé. C'est tout bonnement admirable. Et d'une simplicité ! Vraiment le Furet est un type extraordinaire... Quel dommage qu'il emploie si mal son talent !

— Ah ! Comment a-t-il fait ?

— Tu tiens à le savoir ?

— Bien sûr ! Ficelle est toujours la première informée !

— Je te donnerai l'explication demain.
— Oh ! non, tout de suite
— J'ai dit demain.
— Avant les journalistes, alors ?
— Avant tout le monde.

Rassurée, Ficelle dit bonsoir à son amie, se retire dans sa chambre et s'endort tout de suite. Françoise quitte la maison et prend le chemin de son logis sans se presser. Elle murmure :

— Après tout, le Furet n'est pas si génial que ça, puisque *demain il aura perdu la partie* !

chapitre 13

« *La Conscience universelle* »

— Si nous n'ouvrons pas les portes, s'écrie le conservateur, les touristes vont les enfoncer !

— Eh, laissez-les donc entrer ! grogne le commissaire Maigrelet. Que le musée soit plein ou vide, cela ne changera rien aux données du problème.

Maigrelet rallume sa pipe qui ne cesse de s'éteindre, et se laisse choir lourdement sur une chaise. Après avoir donné ordre aux gardiens de laisser entrer les visiteurs, le conservateur s'assied devant le commissaire.

— Alors ?

Maigrelet hausse les épaules.

— Que voulez-vous que je vous dise ? C'est encore moins compréhensible que la première fois.

— Nous savons du moins comment le Furet avait opéré, puisque Fantômette nous a donné l'explication.

— Sans doute. Mais elle n'est pas encore venue nous dire comment les tableaux ont fait pour réapparaître.

— Elle a promis de s'occuper de cette affaire. Je compte sur elle. Rien ne nous dit qu'elle ne va pas encore surgir subitement et que...

Trois légers coups sont frappés à la porte du bureau.

— Entrez !

La porte s'ouvre. On voit apparaître une jeune personne coiffée d'un fichu rouge, dont les yeux pétillants se dissimulent derrière des lunettes noires.

— Bonjour, messieurs.

— Bonjour, mademoiselle, dit le conservateur, que désirez-vous ?

— Je viens vous expliquer comment le Furet a fait pour remettre les trois Popovitch à leur place.

— Comment ? Vous venez nous expliquer... Alors, vous faites la même chose que cette jeune justicière nommée...

— Fantômette. Oui, je sais. *Fantômette, c'est moi*. Quand je suis venue vous voir la première fois, je portais le costume que je mets lors de mes expéditions nocturnes. Mais puisque nous sommes en plein jour, j'ai jugé plus simple de m'habiller comme tout le monde. Cela dit, je vais vous donner ma petite explication, si vous n'y voyez pas d'inconvénient...

— Au contraire ! s'écrie Maigrelet, depuis hier, nous nous creusons la tête pour essayer de trouver ce qu'a fait le Furet, et nous commençons même à avoir la migraine.

Fantômette sourit.

— Vraiment, il n'y a pas de quoi. Je vais vous dire ce qui s'est passé et votre mal de tête disparaîtra aussitôt. Voulez-vous me suivre dans la grande salle ?

Les deux hommes suivent la jeune aventurière. Elle s'arrête devant le panneau où sont accrochées les toiles futuristes qu'un groupe de visiteurs examine. Elle demande :

— Vous rappelez-vous le petit raisonnement que j'avais fait lors de la substitution, ou de la prétendue substitution des toiles ?

— Oui, dit Maigrelet. Vous avez dit : Du moment que les tableaux n'ont pas pu sortir, c'est qu'ils sont encore ici.

— Très bien. Et maintenant je dis : Du moment qu'ils n'ont pas pu rentrer, c'est qu'ils étaient déjà dans le musée.

Le conservateur fronce les sourcils.

— Ils étaient déjà ici ? Impossible. Nous les aurions vus !

— Non, car ils étaient cachés.

— Cachés ? Où donc ? Il n'y a pas de cachette dans la salle !

— Si. Il y a la sculpture : *La Conscience universelle*.

— Mais nous avons regardé à l'intérieur. C'est même vous, je m'en souviens à présent, qui avez suggéré que le Furet pouvait s'y être dissimulé !

— Oui, c'était moi. Et mon idée n'était pas si mauvaise que cela. Car si nous avons regardé dans la statue, nous avons oublié ce qu'elle tenait en main.

— La balance ?

— Non, l'aspirateur.

Françoise s'approche de la sculpture, frappe du poing contre l'aspirateur.

— Ce cylindre est creux. Le Furet a caché les toiles dedans après les avoir roulées. Il y a mis aussi les cadres qu'il a démontés. La place n'était pas grande, mais tout de même suffisante.

— Mais... à quel moment ce travail a-t-il été fait ?

— Retournons à votre bureau. Nous y serons plus tranquilles pour bavarder.

Ils reviennent dans le bureau et Fantômette commence le récit détaillé de toute l'affaire.

— Pour bien comprendre le déroulement des opérations effectuées par le Furet, il faut reprendre depuis le début. C'est assez compliqué, donc je vous demande toute votre attention.

Mais les deux hommes sont parfaitement attentifs, et Fantômette peut poursuivre.

— La question qui éclaire toute l'affaire est celle-ci : Pourquoi le Furet a-t-il volé les trois tableaux ?

— Parbleu, s'exclame le conservateur, parce qu'ils ont une grande valeur !

— Pas seulement ! Ce sont sans doute des œuvres de grande valeur, et le Furet désirait s'en emparer pour pouvoir les revendre un bon prix. Mais il y a une autre raison. Il ne voulait pas seulement vendre ces trois tableaux, il voulait en vendre *plusieurs copies*.

Une dizaine, peut-être, en faisant croire aux différents acheteurs qu'il s'agissait des originaux.

— Vous voulez dire qu'il a fait exécuter des copies en série ?

— Oui. Et la meilleure manière d'avoir des copies d'excellente qualité ? C'est de copier les originaux !

Le commissaire Maigrelet allume sa pipe et murmure :

— Donc, il prend les tableaux authentiques, il fait exécuter des copies et il les revend à toutes sortes d'amateurs qui seront persuadés d'avoir obtenu les vrais tableaux ?

— Je vois que vous avez parfaitement compris. Et une fois que ces ventes sont faites, il annonce qu'il rend les tableaux, les vrais, par bravade, par orgueil.

Maigrelet lance une bouffée de fumée vers le plafond et dit :

— Nous savons comment il s'y est pris pour voler ces vrais tableaux : il s'est déguisé en Popovitch et les a emportés en disant que c'étaient les faux. Mais nous ne savons pas comment il a fait pour les rendre !

— Je vais vous le dire. Le Furet a commencé par suggérer à Popovitch d'offrir une sculpture au musée.

— Popovitch le connaît donc ?

— Oui ! Ou plus exactement, il connaît le comte de la Pastille.

— Quoi ! Vous voulez dire que le Furet...

— .... n'est autre que le comte de la Pastille, oui. Habilement grimé, avec un faux ventre, une perruque blonde et des lunettes. Mais le peintre ignore que ce faux comte n'est qu'un malfaiteur. Il le reçoit chez lui, l'écoute à l'occasion, lui fait visiter son atelier. Le Furet a donc accès à cet atelier, ce qui lui donne l'occasion de dissimuler dans l'aspirateur trois copies grossières exécutées d'après des cartes postales, puisque le Furet n'a pas encore à sa disposition les originaux. Lorsque *La Conscience universelle* a été apportée dans ce musée, elle contenait donc ces copies. Et elle les a contenues jusqu'à la nuit dernière. Ce sont précisément ces copies qui sont en ce moment vouées à l'admiration du public. Comme le Furet a crié sur les toits : « Je rends les tableaux », tout le monde est persuadé qu'il s'agit des vrais. Comprenez-vous son habileté ? La première fois, il a fait passer les vrais pour les faux, c'est génial !

Le conservateur se prend la tête entre les mains et gémit :

— Les faux... les vrais... Les copies... les originaux ! Je n'y comprends plus rien ! Ah ! ma pauvre tête !

Le commissaire Maigrelet semble nettement plus maître de lui. Il demande :

— Pourriez-vous m'expliquer comment le Furet a pu sortir les faux tableaux de l'aspirateur et les accrocher sans que je m'en aperçoive ? J'étais là, en compagnie de M. le conservateur et de Popovitch lui-même. Aucun de nous trois n'étant le Furet, que s'est-il passé ?

Fantômette affiche un petit sourire.

— Vous étiez là tous les trois, mais avez-vous veillé tout le temps ?

— Hum... Je crois que j'ai dormi un peu...

— Moi aussi, dit le conservateur.

Fantômette s'esclaffe :

— Dites que vous avez dormi à poings fermés pendant toute la nuit ! N'avez-vous rien bu, au cours de la soirée ?

Le commissaire réfléchit.

— Heu... voyons... si, je me rappelle que nous avons pris une tasse de café fort, pour nous tenir éveillés.

— Quel goût avait-il ?

— Un goût très fort, très amer.

— C'est bien ce que je pensais. Du café contenant un soporifique.

— Mais c'est Popovitch qui nous l'a servi !

— Bien sûr, monsieur le commissaire. Il voulait vous endormir pour pouvoir sortir les tableaux de l'aspirateur et les accrocher sur le panneau.

— Ah ! vous n'allez pas encore prétendre que c'était le Furet déguisé ! Nous avons tiré de toutes nos forces sur sa barbiche !

— Je vous crois, monsieur le commissaire, je vous crois. Mais il y a une explication au comportement bizarre de Popovitch. Il agissait *sur l'ordre du Furet.*

— Comment ? Vous voulez dire qu'il était complice de ce voleur ?

— À peu près. Vous avez pu constater que l'absence des tableaux portait un préjudice au musée. On se rend dans un musée pour voir des tableaux, n'est-ce pas ? Si ces tableaux disparaissent, on finit par ne plus y venir. Popovitch voulait que son martien empaillé et son astronaute circulaire retrouvent leur place.

— Vous voulez dire, *L'astronaute empaillé* et...

— Oui, oui, peu importe. Il voulait donc que les tableaux reviennent, vrais ou faux.

Et le Furet a proposé de les lui restituer. Le peintre ayant accepté, le Furet lui a dit : « Mon cher maître, il y a trois tableaux dans l'aspirateur. Vous n'avez qu'à les raccrocher vous-même, après avoir endormi le commissaire. »

— Mais Popovitch aurait pu vendre la mèche ?

— Il ne l'a pas fait. Il avait conclu un arrangement avec le Furet, il l'a respecté. C'est un homme loyal, même avec un filou.

Le commissaire et le conservateur restent silencieux.

Fantômette demande :

— Avez-vous bien compris toute l'histoire ? Ou faut-il que je recommence ?

— Non, non, dit le conservateur, c'est inutile. Mais il y a un point qui me paraît obscur. Le Furet a en ce moment les trois toiles authentiques ?

— Oui.

— Comment savez-vous qu'il s'en est servi pour en faire des copies ?

Fantômette se met à rire.

— Cher monsieur, c'est précisément mon métier de savoir tout. Sinon, je me contenterais de collectionner des cendriers ou des petits drapeaux, au lieu de courir après les bandits.

Maigrelet intervient, un peu vexé de se voir relégué au second plan :

— Auriez-vous la prétention de savoir où se trouve le Furet, en ce moment ?

— Oui, bien sûr. Je sais où il est.

— Où donc ?

— Ici, à Framboisy.

— Comment ? Il est dans cette ville ?

— Mais oui. Il se cache dans une petite maison des faubourgs, qui s'appelle villa des Pétunias. C'est là qu'il a installé un de ses complices, le prince d'Alpaga, qui m'a l'air de savoir manier un pinceau. Mais, avant de prendre possession des lieux, il en a chassé les occupantes, les demoiselles Faïence.

— Oh ! et comment a-t-il fait ?

— Alpaga se déguisait en fantôme et venait tous les soirs pousser des hurlements et gratter les volets avec un couteau. Les deux braves demoiselles n'ont pu résister à ce cauchemar. Elles sont parties.

— Alors, nous pouvons aller cueillir le gibier dans sa tanière ?

— J'allais vous le proposer, monsieur le commissaire.

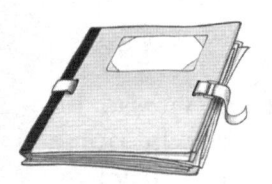

chapitre 14
Où l'on retrouve le Furet

Dix minutes plus tard, un car de police bourré d'agents s'arrête devant la villa des Pétunias. La voiture rouge stationne le long du trottoir.

— Il est là, dit Fantômette au commissaire. Voici son auto.

Maigrelet enfonce son chapeau sur sa tête d'un coup de poing et grogne entre ses dents qui mordent le tuyau de son inséparable pipe :

— Allons-y ! Ce sera le plus beau jour de ma carrière !

Escorté par Fantômette et suivi par une douzaine de policiers, il franchit la grille, entre dans le pavillon dont la porte n'est pas fermée à clé.

— Il doit être au premier, dans l'atelier, dit Fantômette.

— Montons.

Ils grimpent les marches à toute vitesse. Le commissaire pousse brusquement la porte de l'atelier, braque son revolver en direction du peintre et crie :

— Haut les mains !

Devant son chevalet, le prince d'Alpaga lui tourne le dos. Il ne bronche pas. Le commissaire réitère son ordre. Sans résultat.

— Ah ! ça mais... Il est donc sourd ce bonhomme, ou empaillé ?

Maigrelet s'avance vers le peintre, lui pose la main sur l'épaule. L'artiste s'effondre sur le plancher.

— Un mannequin ! Nom d'une pipe ! Il s'est moqué de nous !

C'est effectivement un bonhomme de bois et de chiffons, sommairement vêtu. Le chevalet devant lequel il a été posté porte un carton sur lequel sont tracés ces mots :

J'ai été charmé de mon séjour – hélas ! trop court – dans cette délicieuse villa. Mais mon ami le prince d'Alpaga et moi-même sommes inquiets sur le sort des cactus de ces charmantes demoiselles Faïence et souhaitons les voir revenir bientôt dans la serre. Nous leur laissons donc la place. Mes amitiés à Fantômette.

Signé : Le Furet

La canaille ! rugit le commissaire, il nous échappe avec les tableaux !

Fantômette se mord les lèvres. Elle rage intérieurement. Elle a cru surveiller le Furet, et c'est lui qui ne l'a pas quittée de l'œil ! Décidément, l'adversaire est fort, très fort. Elle murmure :

— J'aurais dû être plus méfiante. Il m'a repérée lorsque j'étais en train d'examiner sa voiture...

— À propos de voiture, dit le commissaire Maigrelet, ce bandit nous a laissé la sienne. Je vais la conduire au commissariat pour que les experts la passent au peigne fin. Voulez-vous venir ? En chemin, je vous déposerai chez vous.

— Oui, je veux bien.

Fantômette semble abattue par la défaite, mélancolique, incapable de réagir. Tous deux sortent de la villa. Pendant que la jeune aventurière s'assied à l'avant, sur le siège de droite, Maigrelet lui dit :

— Voulez-vous m'attendre une seconde ? Je vais ramener deux agents au commissariat.

D'un geste vague, Fantômette indique que cela lui est indifférent. Elle semble ne plus se soucier de rien. Machinalement, son regard suit le commissaire qui s'éloigne en direction du porche. Il monte les quelques marches nerveusement, rapidement. Trop rapidement... Une lueur s'allume dans l'œil de Fantômette. Un pli apparaît au coin de sa lèvre. Un déclic vient de se produire dans son cerveau.

Elle allonge le bras vers le tableau de bord, décroche le téléphone.

— Allô ! Le commissariat de Framboisy ? Ici Fantômette... Ah ! C'est vous... oui, je reconnais votre voix... Vous étiez enfermé dans la ferme du Diable ? Et comment avez-vous fait pour... Brûlé la porte ? Tiens, tiens ! Je connais, j'ai fait la même chose... D'où je vous appelle ? Je suis devant la villa des Pétunias... Dans une voiture de sport rouge... Je vous préviens qu'elle roule vite. Il va falloir vous dépêcher...

Elle raccroche. Maigrelet réapparaît accompagné de deux agents qui viennent de sortir de la villa. L'un est un grand gaillard épais, l'autre un homme plutôt mince.

Ils s'installent sur la banquette arrière et le commissaire met en route la voiture. Il démarre en trombe, passe ses vitesses avec virtuosité. Fantômette le regarde faire avec un petit sourire. Elle semble avoir retrouvé toute sa bonne humeur coutumière. Elle remarque :

— On dirait que vous avez conduit cette voiture toute votre vie. Vous semblez très bien la connaître. *Aussi bien que si elle vous appartenait.*

Maigrelet se renfrogne et grogne :

— Elle n'est pas à moi, mais au comte de la Pastille.

— C'est-à-dire au Furet.

— Oui, sans doute.

— Donc, *à vous.*

Un instant de silence. Puis l'homme soupire.

— Vous m'avez reconnu ? Bon, d'accord. Mais avouez que mon maquillage est bon tout de même. Tout le monde s'y est laissé prendre. Le conservateur...

— Oh ! celui-là, il a la vue tellement basse qu'il confondrait un radis et une citrouille. Et quand il voit quelqu'un qui ressemble à l'expert Floquet ou au peintre Popovitch, il n'imagine pas que ce puisse être le Furet.

Mais les agents ? Tous ceux qui sont venus dans le car et qui sont entrés dans la villa en même temps que vous ? Comment se fait-il qu'aucun d'eux n'ait rien dit ?

— Bah ! croyez-vous, ma chère Fantômette, qu'ils passent leur temps à examiner leurs supérieurs à la loupe ? Du moment que j'ai un imperméable, un chapeau et une pipe, je ne puis être que le commissaire Maigrelet.

— Mes compliments, mon cher Furet. Vous êtes très fort.

— Encore plus fort que vous ne le croyez, ma petite. Je suis le maître de la situation. Vous êtes en mon pouvoir, le commissaire Maigrelet est enfermé...

— Était.

— Comment ?

— Je dis : était. Il s'est échappé.

— Impossible ! Comment aurait-il fait ?

— Bah ! La méthode habituelle... En incendiant la porte. Encore une porte neuve en perspective. Les menuisiers vont faire de bonnes affaires...

Le Furet serre les dents et ricane.

— Peu importe le commissaire, après tout. Celui-là ne me gêne pas. L'important, c'est que je vous tienne. Et maintenant je ne vous lâcherai pas.

À l'arrière, le gros agent grogne en agitant ses poings :

— Chef, je peux l'aplatir un peu ?

— Non.

— Juste un tout petit peu.

— J'ai dit non. C'est inutile. Nous allons lui régler son compte dans dix minutes.

L'autre agent n'a encore rien dit. Il sort de sa poche un petit miroir et se contemple avec satisfaction.

— L'uniforme me va bien. Je crois que je vais m'en faire faire un sur mesure. Qu'en pensez-vous, chef ?

— Si ça t'amuse, Alpaga. Avec l'argent que nous ont rapporté les copies des tableaux, tu pourras te déguiser en amiral ou en académicien.

À toute allure, la voiture de sport sort de Framboisy. Elle traverse les faubourgs, s'engage sur une route de campagne inondée de soleil. Le Furet s'écrie narquoisement :

— Belle journée pour quitter ce monde, hein ? Et bon débarras pour nous quand vous ne serez plus là.

— En attendant, mon cher Furet, dites-moi donc pourquoi vous teniez tant à vous installer chez les demoiselles Faïence ?

— Parce que la véranda pouvait être facilement transformée en atelier, mais surtout parce que nous n'avions plus un sou pour louer une maison. Alors nous avons trouvé plus économique de faire partir les occupantes et de nous loger gratuitement. Pas bête, n'est-ce pas ?

— Et maintenant, vous espérez continuer longtemps votre activité de faussaire ?

— De faussaire ? Fi ! le vilain mot ! Avez-vous réfléchi, ma chère Fantômette, à ce que je représente ? Je suis une sorte de philanthrope, de bienfaiteur.

— Comment cela ?

— Mais oui. S'il n'existait que des tableaux véritables de par le monde, les collections seraient bien réduites. Tandis qu'en répandant des milliers de fausses toiles, les faussaires en question font plaisir à des milliers de personnes qui sont enchantées d'avoir chez elles ce qu'elles croient être un Manet, un Cézanne ou un Renoir. Vous comprenez que notre activité est tout à fait louable... Et je m'en voudrais de l'interrompre.

— Ouais, grogne le gros Bulldozer, on a besoin d'argent. Et ce n'est pas une moucheronne dans ton genre qui va nous empêcher de travailler. On va t'aplatir. S'pas, chef ?

— Je crois qu'en effet, je vais t'autoriser à l'aplatir, puisque tu sembles y tenir tant...

— Ah ! merci, chef. Il y a longtemps que mes poings me démangent !

La voiture ralentit, s'engage dans un chemin de traverse qui se faufile à travers champs. Au bout d'une centaine de mètres, le Furet coupe le contact, ouvre la portière.

— Allez, tout le monde descend !

Il tient à la main un pistolet, et Fantômette obéit sans discuter, un sourire aux lèvres. L'imminence de sa fin semble lui avoir rendu sa bonne humeur. Elle descend du véhicule, marche un moment sur le chemin en s'étirant, puis fait face aux trois hommes qui ont également mis pied à terre. Elle lance joyeusement :

— Alors, c'est ici que les aventures de Fantômette vont se terminer ?

— Oui, dit le Furet. Ici, en pleine campagne, au milieu de l'herbe...

— Et du chant des oiseaux, ajoute Alpaga poétiquement.

Le Furet lève son pistolet.

— Tu as peut-être un dernier vœu à exprimer ?

— J'aurais aimé manger du raisin, mais ce n'est pas encore la saison. Il est un peu tôt... J'attendrai l'automne. Et même... Tenez, j'irai vous en apporter une grappe dans votre cellule. Vous voyez que je ne suis pas rancunière !

Le Furet hausse les épaules.

— Tu as beau crâner, ma petite, tu as perdu. C'est fini. Dommage... Tu vas me manquer...

Il allonge le bras vers la jeune aventurière... Bang !

Le pistolet lui tombe des mains en même temps qu'il pousse un cri de douleur en se tenant le bras. Dans le dos des bandits, des ordres sont lancés.

— Haut les mains ! Ne bougez pas d'où vous êtes ! Inutile de résister !

Tenant en main le revolver avec lequel il vient de tirer, le commissaire Maigrelet s'avance d'un pas ferme. Sa pipe fume comme une locomotive. Fantômette pousse un soupir de soulagement.

— Ouf ! Si vous étiez arrivé cinq minutes plus tôt, vous m'auriez épargné une belle émotion ! J'ai bien cru que c'était la fin...

— Je suis désolé... Je n'ai pas pu venir plus vite... Cette voiture de sport était dure à suivre.

Pestant, jurant, maugréant, le Furet est empoigné et emmené vers le car qui s'est arrêté sur la route, à l'embranchement du chemin. Il a le temps de poser une question à Fantômette :

— Comment as-tu fait pour les prévenir ?

Déjà il disparaît, emporté par deux solides gaillards. Fantômette met ses mains en porte-voix et crie :

— Le téléphone ! Le téléphone de la voiture. Pendant que vous alliez chercher Bulldozer et Alpaga !

Le Furet a une exclamation de dépit et soupire :

— Ah ! ça m'apprendra à avoir des voitures trop modernes !

Épilogue

Mesdames, messieurs, bonsoir. La grande affaire de la journée aura été l'arrestation du Furet, grâce à l'intervention de Fantômette. On sait que la jeune justicière s'occupait depuis quelque temps de l'affaire des trois tableaux futuristes. C'est elle qui a découvert la manière dont ils ont été volés et c'est elle encore qui a dévoilé la véritable identité du comte de la Pastille, bien connu dans les milieux sportifs. Le comte n'était autre que le Furet.

Ce matin, Fantômette a été enlevée par le bandit et ses deux complices, Bulldozer et Alpaga. Fort heureusement, Fantômette avait pu téléphoner au commissariat central de Framboisy et le commissaire Maigrelet est arrivé à temps pour sauver la jeune aventurière qui d'ailleurs a disparu dans la campagne au moment où le commissaire allait lui demander quelques éclaircissements. Passons maintenant à la politique étrangère...

Françoise éteint la télévision, sort du salon et se rend dans la chambre de Ficelle. La grande fille est à genoux devant une chaise qui sert de chevalet à une immense feuille de carton blanc. À l'autre extrémité de la pièce, Boulotte se tient debout sur une bassine retournée qui lui sert de piédestal. Dans la main gauche, elle serre son fameux livre de cuisine. Dans la droite, une poire fortement entamée.

Françoise demande à Ficelle :

— Alors, qu'es-tu encore en train d'inventer ? Tu fais de la peinture ?

— Oui. Je peins un portrait futuriste de Boulotte.

— Je ne vois pas ce qu'il a de futuriste.

— Si. Il est très futuriste, parce que je vais l'appeler *La Boulotte circulaire.*

La grosse fille proteste :

— Je ne suis pas circulaire ! Un peu rondelette, mais pas circulaire !

— Ne bouge donc pas tout le temps, crie Ficelle, et laisse ta poire tranquille ! Comment veux-tu que je peigne la poire si tu la manges ? Ah ! j'espère que Françoise sera un peu plus tranquille que toi !

— Ah ! dit la brunette, parce que tu as l'intention de faire mon portrait ?

— Oui. Tu vas t'habiller en Fantômette. Je te prêterai ma panoplie. Tu sais, celle que j'ai eue à Noël.

— Ce sera un portrait de Fantômette, alors ?

— Oui. Pas très ressemblant, bien sûr, puisque tu ne lui ressembles pas du tout. Mais cette peinture sera quand même fortement véritable et authentique. Je l'exposerai au musée, et tout le monde voudra l'acheter. Elle aura une valeur extraordinaire... Boulotte, as-tu fini de manger la poire !

— Oui, dit la gourmande, j'ai fini. Maintenant, je vais aller chercher une pomme.

Il faut à Ficelle deux jours entiers pour peindre le portrait de Boulotte, et deux autres jours pour faire celui de Françoise. Après quoi, elle met les deux chefs-d'œuvre sous son bras et se rend au musée d'Art du futur pour les proposer au conservateur qui accepte de la recevoir. Il examine les peintures, dit « C'est très bien ! » et conseille à la jeune artiste de revenir le voir dans vingt ans.

Un peu déçue, Ficelle prend alors la décision d'exposer ses œuvres dans le square de Framboisy. Elle les pose sur un banc, accompagnées de la mention *à vendre* écrite sur une petite pancarte. Ses camarades de classe viennent regarder ses peintures, le gardien du square les examine d'un œil amusé, mais personne ne propose de les acheter. De plus en plus déçue, Ficelle rentre à la maison en maugréant contre le mauvais goût de ses contemporains qui ne savent pas apprécier les œuvres d'art. Elle s'en plaint à Françoise :

— Personne n'en veut, de mes peintures futuristes. Pourtant, je suis sûre qu'elles ont une grande valeur !

— Elles auraient une valeur encore plus grande si on les avait volées. Les trois tableaux de Popovitch sont devenus célèbres parce qu'ils ont disparu.

Cette idée paraît frapper Ficelle. Elle s'écrie :

— Mais c'est vrai ! Tu as raison ! Il faut absolument qu'on me les vole !

Reprenant sa pancarte, elle barre la formule *à vendre* pour la remplacer par *à voler* et court de nouveau au square pour y faire un nouvel essai.

Et depuis ce matin, elle est là-bas, assise sur un banc, attendant impatiemment que ses tableaux disparaissent !

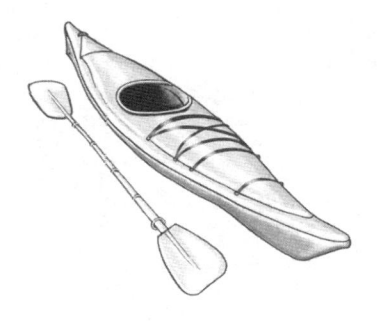

Découvre bientôt une nouvelle aventure de la justicière masquée :

Fantômette contre le géant

Depuis que la famille Legrand a acheté la ferme des
Fougères, il s'y passe des choses bien étranges...
Un effrayant géant y rôde la nuit,
puis c'est un vieux grimoire qui disparaît.
Qui cherche donc à les faire partir ?
Et pour quelle raison ?

Déjà en librairie !

Retrouve les aventures de Fantômette dans :

Les exploits de Fantômette

Fantômette et le trésor du pharaon

Fantômette et l'île de la sorcière

Fantômette et son prince

Les sept Fantômettes

Table

1. La nuit terrible 7
2. Appel au secours 13
3. Le fantôme 27
4. Popovitch 35
5. Pièges 43
6. Angoisses 55
7. Le cambriolage 63
8. Mystère inexplicable 75
9. Entrevue avec le maître 89
10. L'explication 97
11. Un nouvel exploit du Furet 109
12. Françoise réfléchit 121
13. « La Conscience universelle » 127
14. Où l'on retrouve le Furet 139
Épilogue 151

« Pour l'éditeur, le principe est d'utiliser des papiers composés de fibres naturelles, renouvelables, recyclables et fabriquées à partir de bois issus de forêts qui adoptent un système d'aménagement durable. En outre, l'éditeur attend de ses fournisseurs de papier qu'ils s'inscrivent dans une démarche de certification environnementale reconnue. »

Composition JOUVE - 45770 Saran
N° 736273

Imprime en EU par G. Canale & C.
Dépôt légal : octobre 2011
20.20.2525.2/01 - ISBN 978-2-01-202525-7

Loi n° 49-956 du 16 juillet 1949
sur les publications destinées à la jeunesse.